全国青少年科技创新精神通俗科普读物
青少年科技创新奖获得者的精彩创新故事

青春梦 科学梦 中国梦

第九届中国青少年科技创新奖获得者讲述自己的创新故事

共青团中央学校部 ◎ 编

图书在版编目（CIP）数据

青春梦 科学梦 中国梦：第九届中国青少年科技创新奖获得者讲述自己的创新故事 / 共青团中央学校部 编. —北京：中央编译出版社，2015.3
ISBN 978-7-5117-2578-3

Ⅰ.①青… Ⅱ.①共… Ⅲ.①故事 – 作品集 – 中国 – 当代 Ⅳ.①I247.8

中国版本图书馆CIP数据核字（2015）第052476号

青春梦 科学梦 中国梦

出 版 人：	刘明清
出版统筹：	贾宇琰
责任编辑：	杜永明
责任印制：	尹　珺
出版发行：	中央编译出版社
地　　址：	北京西城区车公庄大街乙5号鸿儒大厦B座（100044）
电　　话：	（010）52612345（总编室）　（010）52612341（编辑室）
	（010）52612316（发行部）　（010）52612315（网络销售）
	（010）52612346（馆配部）　（010）66509618（读者服务部）
网　　址：	www.cctpbook.com
经　　销：	全国新华书店
印　　刷：	北京印刷一厂
开　　本：	720毫米×1020毫米 1/16
字　　数：	248千字
印　　张：	17印张　插图143幅
版　　次：	2015年3月第1版第1次印刷
定　　价：	58.00元

网　　址：	www.cctphome.com　邮　箱：cctp@cctphome.com
新浪微博：	@中央编译出版社　微　信：中央编译出版社（ID：cctphome）

本社常年法律顾问：北京市吴栾赵阎律师事务所律师　闫军　梁勤
凡有印装质量问题，本社负责调换，电话：（010）66509618

青少年是
祖国的未来,
科学的希望。

邓小平 一九八九年
　　　　　八月吧日

中国青少年科技创新奖励基金

QING CHUN MENG KE XUE MENG ZHONG GUO MENG

《青春梦 科学梦 中国梦》编委会

主　任 秦宜智
副主任 贺军科　罗　梅　傅振邦
委　员 鲁　亚　张　劲　杜汇良
　　　　　徐　鹭　刘佳晨　涂　猛

主　编 杜汇良
副主编 李文革　李　骥　石新明　赵继新
编　委 王　良　柏贞尧　朱昊炜　谭　真
　　　　　李慧茹　祖力亚提·司马义　王云白　张聪勤
　　　　　杨子强　王雪凝　米尔卡米力·迪力木拉提

123456789

中国青少年科技创新奖励基金简介

中国青少年科技创新奖励基金是在2004年邓小平同志百年诞辰之际，根据小平同志的遗愿，小平同志亲属捐献出小平同志生前全部稿费，委托共青团中央、全国青联、全国学联、全国少工委共同设立的。小平同志生前一直十分关心青少年的健康成长，注重青少年创新精神和创新能力的培养，提出了"科学的未来在于青年。青年一代的成长，正是我们事业必定要兴旺发达的希望所在"，"青少年是祖国的未来，科学的希望"，"教育要面向现代化、面向世界、面向未来"等许多科学论断。

这一基金的设立，对于引导广大青少年高举中国特色社会主义伟大旗帜，坚定走中国特色社会主义道路的信念；对于进一步激发广大青少年的爱国热情，弘扬民族精神，立志报效祖国；对于不断激励广大青少年积极投身科技创新，参与科教兴国战略和人才强国战略的实施，为全面建成小康社会、加快推进社会主义现代化建设、实现中华民族伟大复兴的中国梦而奋斗，都具有十分重要的意义。

中国青少年科技创新奖励基金是一项公益性基金，第十一届全国政协副主席邓朴方担任基金管理委员会名誉主任，共青团中央书记处第一书记秦宜智担任基金管理委员会主任。基金设中国青少年科技创新奖，主要奖励在校大、中、小学生，每届奖励100人左右，目前已有900名大、中、小学生获得了这项荣誉奖励。同时，基金资助中国青少年科技创新营、中国青少年科技创新论坛等丰富多彩的青少年科技创新活动。

中国青少年科技创新奖励基金

中国青少年科技创新奖励基金标识简介

  中国青少年科技创新奖励基金标识采用意形结合手法，旨在体现"基金"的宗旨和内涵。绿色象征着新生及希望，蓝色代表广袤与力量，充分体现了邓小平同志对广大青少年的嘱托和希冀。

  绿色部分是"青少年"的英文单词"Youth"的首写字母"Y"的变形，象征着广大青少年在基金的支持下，似破土而出的新芽，寓意祖国的未来——广大的青少年充满无限的创造潜力。

  蓝色部分是"中国"的英文单词"China"的首写字母"C"的变形，重叠的"C"既代表着本基金是中国的青少年科技创新奖励基金，又象征着扩展着的科学的沃土。科学技术散发出无限的魅力，吸引着广大青少年积极地投身其中，也表明基金正源源不断地给予青少年无穷的科技创新力量，让他们在不断地探索中突破、创新，获得新知，为建设更加繁荣、富强的祖国而奋斗。

目 录

第九届中国青少年科技创新奖概况 / 1
助力中国青少年的科学梦展翅高飞 / 2

小学 我创造，我实践，我快乐

浇灌我的科技树 林萱仪 / 3
"懒惰"也是种力量 王砚渤 / 8
快乐的创造力缘于快乐的生活 颜隽闻 / 12
创新，源于实践，贵在坚持 蒋知函 / 17
"龟蜉式科学观测小艇"发明制作记 杨皓羽 / 23

初中 创新贵在实践，追梦贵在坚持

追星少年的多彩创新路 张及晨 / 29
成功来自坚持——我的科技创新成长路 青尚龙 / 35
兴趣让我爱上科技创新 谭清倩 / 41
科技与美学的完美融合 张兴武 / 46
一路奔跑，追梦…… 卢思睿 / 51

目 录

高中 有信念才有未来，有动力才能前进

科学，请与我携手 🐝 吕仲浩 / 59

坚定信念，勇攀科技创新的高峰 🐝 陈 赫 / 65

因为创新，所以翱翔 🐝 朱涧箐 / 71

"新"的天地 🐝 周子惟 / 77

我爱发明 🐝 孙玮泽 / 82

人类的进步需求是创新的根本动力 🐝 马海碧 / 88

我在创新中不断成长 🐝 谭知微 / 94

创新给了我腾飞的翅膀 🐝 杨 鹏 / 99

我爱发明 🐝 解欣艺 / 104

同呼吸，共奋斗 🐝 吴少哲 / 110

目 录

大学　用激情燃烧自己，用梦想描绘未来

　　做中国计算机科学事业的眼睛　🐝　吴佳俊 / 117

　　且将新火趁年华　🐝　冷晓琨 / 123

　　在创新的路上风雨兼程　🐝　钟　麒 / 129

　　路在何方——星火激情燃希望　🐝　张哲野 / 136

　　踏实走好每一步　🐝　胡　媛 / 141

　　好奇＋执著＝科海拾贝　🐝　王　野 / 147

　　那些年，我们一起run的Access　🐝　魏欣如 / 153

　　我在北化成长的经历　🐝　黄毅超 / 158

　　创新成就于不懈努力、关注生活　🐝　闫鹏飞 / 164

目 录

硕士　人生的价值需创造，你我的青春要点燃

在化学世界里创造彩虹　武　涛 / 171

创新离不开社会实践　郭佩祥 / 177

"挑战"是创新的基石　彭巧巧 / 183

"钢铁侠"的别样青春　陈增顺 / 189

从学生会主席到竞赛达人的转型路　杨　洁 / 196

博士　夯实科学技术的基石，助力伟大的中国梦

建造自己的机器人梦　田耀斌 / 205

创新精神照亮你我前行的路　柯　全 / 210

从"知识改变命运"理念到科技进步"垫脚石"的笃行　刘石平 / 216

创新：从点滴做起　李怡招 / 223

科研带来力量和希望　唐　旻 / 228

影之光　钟耀贤 / 234

择一专业创新，执一梦想追逐　袁志方 / 240

附件　第九届中国青少年科技创新奖获奖学生名单

第九届中国青少年科技创新奖概况

2014年是邓小平同志诞辰110周年,为深入开展"我的中国梦"主题教育实践活动,更好地引导广大青少年缅怀邓小平同志的丰功伟绩,激发青少年的创新精神,培养创新人才,经报全国评比达标表彰工作协调小组办公室批准,共青团中央、全国青联、全国学联、全国少工委联合开展了第九届中国青少年科技创新奖评选活动。

在各地区严格选拔、认真推荐的基础上,经过由国内科技教育领域知名专家组成的评审委员会的审核评定,北京市第二实验小学姜飞宇、北京师范大学天津附属中学吕仲浩、清华大学吴佳俊等100名青少年学生荣获第九届中国青少年科技创新奖。获奖学生中,小学生9人、初中生10人、高中生20人、大学本专科生31人、研究生30人,男生67人、女生33人,少数民族学生11人。

2014年8月20日,第九届中国青少年科技创新奖颁奖大会在人民大会堂隆重举行。中共中央政治局委员、国务院副总理刘延东出席颁奖大会并讲话。团中央书记处第一书记秦宜智主持颁奖大会。

颁奖大会上,中国青少年科技创新奖评审委员会主任、中国科学院院士杨乐介绍了评审情况。团中央书记处常务书记贺军科宣读了表彰决定。第九届中国青少年科技创新奖获奖学生代表吴佳俊、刘小祎、颜隽闻、往届中国青少年科技创新奖获得者代表曾杰先后发言。第十届全国政协副主席、中国工程院主席团名誉主席、中国青少年科技创新奖评委会名誉主任徐匡迪,邓小平同志亲属、全国政协常委、教科文卫体委员会副主任邓楠,科技部党组书记、副部长王志刚,中央文献研究室副主任孙业礼,中央党史研究室副主任吕世光,教育部党组副书记、副部长杜玉波,中国科学院副院长兼中国科学院大学校长丁仲礼,中国工程院党组成员、副院长徐德龙,中国科协副主席冯长根,团中央书记处书记罗梅、傅振邦,第九届中国青少年科技创新奖获奖学生、中国青少年科技创新奖励基金支持的大学生"小平科技创新团队"所在学校团委负责同志和学生代表、中学生科技创新示范竞赛项目负责同志、"小平科技创新实验室"创建学校负责同志,以及北京市大、中学生代表共约600人参会。会后,全体获奖学生参加了为期一周的第二届中国青少年科技创新营活动。

助力中国青少年的科学梦展翅高飞
——在第九届中国青少年科技创新奖颁奖大会上的讲话

刘延东
（2014年8月20日）

亲爱的同学们、同志们：

今天上午中共中央隆重举行了纪念邓小平同志诞辰110周年座谈会，习近平总书记发表了重要讲话，深切缅怀邓小平同志为党、为祖国、为人民建立的不朽功勋，全面总结了他为我国革命、建设、改革作出的卓越贡献，高度评价了他为中国人民不懈奋斗的光辉一生、崇高风范和伟大思想。在举国上下深切缅怀邓小平同志的特殊时刻，我们在人民大会堂举行第九届中国青少年科技创新奖颁奖大会，对于继承和发扬邓小平同志倡导的科学精神和创新精神，进一步激发全社会特别是广大青少年的创新热情和创造活力，深入实施科教兴国战略、人才强国战略和创新驱动发展战略，加快推进创新型国家建设和实现中华民族伟大复兴的中国梦，具有十分重要的意义。首先，我向获得科技创新奖励的同学们，向获得授牌的中小学校和有关单位表示热烈的祝贺！

邓小平同志是中华人民共和国的开国元勋，是社会主义改革开放和现代化建设的总设计师，是中国特色社会主义道路的开创者。他16岁就远渡重洋勤工俭学，寻求救国救民真理，从此矢志不渝地为党和人民事业奋斗了70多年，在中国革命、建设、改革的各个时期都作出了伟大贡献。他的贡献不仅改变了中国人民的历史命运，而且改变了世界的历史进程。邓小平同志为民族独立、人民解放和国家富强、人民幸福而奋斗的辉煌人生和不朽功勋，将永远书写在祖国辽阔的大

地之上，祖国和人民永远不会忘记！

　　在邓小平同志诞辰110周年之际，我们更加深切地怀念他为中国科技和教育事业发展倾注的大量心血和作出的伟大贡献。1978年，在具有里程碑意义的全国科学大会上，邓小平同志发表重要讲话，为我国迎来了"科学的春天"。他创造性地提出"科学技术是第一生产力"的重要论断，指出四个现代化的关键是科学技术的现代化，确立了尊重知识、尊重人才的根本方针，指出促进科技与经济结合是科技体制改革的中心任务，强调中国必须在世界高科技领域占有一席之地，亲自推动实施了一系列重大科技工程，而且自告奋勇担当科技工作的"后勤部长"，推动了我国科技事业蓬勃发展。邓小平同志高度重视教育事业发展，非常关心青少年的健康成长，他强调"宁可在其他方面牺牲一点速度，也要把教育搞上去"，确立了教育优先发展的战略地位。在他的决策下，1977年我国恢复高考制度，开改革开放风气之先，1亿3千万人接受高等教育，改变了亿万青年的命运；他明确提出"教育要面向现代化、面向世界、面向未来"，"青少年是祖国的未来、科学的希望"，为我国教育事业改革发展指明了方向。邓小平同志这些科学论断和宝贵思想，在新中国科技和教育事业发展历程中留下了浓墨重彩的一笔，产生了极其重要而深远的影响。

　　十年前，在邓小平同志百年诞辰之际，根据邓小平同志遗愿，经中央批准，邓小平同志亲属捐献出他生前的全部稿费，委托共青团中央、全国青联、全国学联、全国少工委共同设立了中国青少年科技创新奖励基金，用以奖励在科技创新方面取得突出成绩且具有较大潜力的大、中、小学生，旨在激励引导广大青少年从小树立追求科学的理想、参与科技创新的实践，努力成长为国家现代化建设的有用之才、栋梁之才。我们欣喜地看到，十年来，在共青团中央等有关单位的共同努力和社会各界的大力支持下，中国青少年科技创新奖励基金的资金规模不断扩大，工作项目不断拓展，工作内涵不断深化，形成了覆盖大、中、小学生群体的完整体系，注重将培养青少年基本科学素养与遴选拔尖创新人才相结合，为培养后备科技人才、弘扬崇尚创新的精神、推动科学技术进步发挥了积极作用。截至目前,作为基金主体项目的中国青少年科技创新奖已评选9届,共有900名学生获得了这项荣誉奖励,其中有不少人已成长为国内学术研究和重大科技项目的中坚力量。我相信,这些都是对邓小平同志最好的纪念和告慰。借此机会,我向邓小平同志的亲属表示崇高敬意!向长期以来关心、支持青少年科技创新事业的有关部门和社会各界表示衷心的感谢!

同学们、同志们!

经过新中国65年特别是改革开放30多年的发展,我国站在了一个新的历史起点上。今天,我们正处在一个开辟新的历史、实现新的目标的伟大时代,全国各族人民都在为"两个一百年"的目标和实现中华民族伟大复兴的中国梦而奋斗。在这一伟大征程中,广大青少年作为祖国的未来和民族的希望,肩负着光荣使命和责任担当。习近平总书记指出,"历史和现实都告诉我们,青年一代有理想、有担当,国家就有前途,民族就有希望。"刚才,四位获奖者代表做了很好的发言,让我们真切感受到了当代青少年身上的蓬勃朝气和对科技创新事业的无限热爱,听后很受鼓舞,备感振奋。借此机会,我对广大青少年提三点希望,与大家分享。

第一,希望广大青少年胸怀科学梦想,争做实现中国梦的奋进者。 我们正在进行的是前无古人的伟大事业,要实现中华民族伟大复兴的中国梦,还有很长的路要走,面临着许多困难与挑战。正如邓小平同志所说,这需要我们几代人、十几代人甚至几十代人坚持不懈的努力奋斗。党的十八大提出了"两个一百年"的奋斗目标,确立了"五位一体"的总体格局和"四化同步"的发展路径。可以说,我们比历史上任何时期都更接近实现中华民族伟大复兴的目标,都更有信心、更有能力实现这个目标。实现中国梦,人才是核心,教育是基础,科技是关键。中华民族是一个善于发明创造的民族,创新是中华民族最鲜明的禀赋。新的时代为青少年创造了难得的历史机遇,开辟了更加广阔的舞台,提供了更多梦想成真的机会、人生出彩的机会、同祖国和时代一起成长的机会。希望广大青少年勇敢肩负起时代赋予的光荣使命，将青春梦、科学梦与中国梦紧密结合，胸怀科学理想，锐意开拓创新，勇攀科技高峰，为祖国的繁荣富强、为早日实现中国梦贡献力量，让个人梦想在为祖国、为社会、为人民的竭诚奉献中焕发出绚丽光彩。

第二，希望广大青少年恪守科学精神，争做社会主义核心价值观的践行者。核心价值观作为社会的精神支柱和行动向导，是推动民族进步和国家发展最持久最深沉的力量，而青少年作为引领风气之先的重要群体，你们的价值取向决定了未来整个社会的价值取向。习近平总书记在今年"五四青年节"、"六一儿童节"参加活动时，对广大青少年培育和践行社会主义核心价值观提出了明确的要求，寄予了殷切期望。广大青少年要牢记嘱托，从现在做起，从自身做起，从小自觉培育和践行社会主义核心价值观，坚定理想信念，加强思想品德修养，树立正确的世界观、人生观、价值观，努力成为有高尚道德情操、有责任心、有正义感、有奉献精神的人。要将社会主义核心价值观内化于心、外化于行，牢牢把握正确的人生航向，按照"勤学、修德、明辨、笃实"的要求，秉承尊重规律、追求真理的科学精神，认真学习科学文化知识，在生活中陶冶情操，在实践中磨练意志，在德智体美相互促进、有机融合中实现全面发展，做社会主义合格建设者和可靠接班人。

第三，希望广大青少年投身科学实践，争做实施创新驱动发展战略的参与者。党的十八大强调科技创新是提高社会生产力和综合国力的战略支撑，必须摆在国家发展全局的核心位置，并明确提出实施创新驱动发展战略，开启了我国从科技大国迈向科技强国的新征程，这需要广大科技工作者和全社会共同为之奋斗。"少年强、青年强则中国强"。青少年思维活跃、创新意识强，具有丰富的想象力和创造力，是科技创新的有生力量，历史上很多重要的科技创新都产生于青年阶段。比如，著名科学家霍金31岁时便提出了著名的"霍金辐射"理论；在我国载人飞船、嫦娥工程等研制队伍中，"80后"已成为骨干力量。科学素养的形成是一个长期的过程，需要从青少年时期就下大力气、下苦功夫，坚持不懈、久久为功。获奖的同学中有很多是中小学生，希望你们以此为起点，热爱科学、积极实践，从一点一滴做起，从每一个实验做起，养成良好的学习和科研习惯，为今后从事更复杂的科学研究、取得更大的创新成果打下坚实基础。希望广大青少年把握好科技创新的黄金期，面向现代化建设主战场，充分利用国家提供的良好科研环境和条件，敢于超越前人，不断突破自己，在科技创新的道路上砥砺前行，为实施好创新驱动发展战略贡献力量。

同志们，青少年创新意识和创新能力的培养关系到国家的长远发展。各地各有关部门要高度重视，亲切关怀，大力支持，共同营造有利于青少年成长成才的良好环境。教育部门要把培养青少年的科学素养与创新实践能力作为重要导向，完善教育教学模式，全面实施素质教育，提升人才培养质量。科技部门要加强制度设计和资源统筹，建立共享交流机制，创新科普活动方式，大力弘扬创新文化，为青少年科技创新搭建更多更好的平台。共青团组织要认真总结中国青少年科技创新奖励基金过去十年的工作经验，巩固已有项目，拓展基金内涵，不断提升品牌影响力，助力中国青少年的科学梦展翅高飞！

同学们、同志们！

实现中华民族伟大复兴，是全体中华儿女的共同愿望。我们的事业伟大而艰巨，我们的前程光明而美好。今天，我们对邓小平同志的最好纪念，就是继往开来、勇往直前，把老一辈无产阶级革命家所开创的伟大事业不断推向前进。让我们紧密团结在以习近平同志为总书记的党中央周围，坚定不移走中国特色社会主义道路，解放思想，开拓创新，扎实工作，为全面建成小康社会、实现中华民族伟大复兴的中国梦而努力奋斗！

小 学

我创造，我实践，我快乐

小学组

第九届中国青少年科技创新"梦之队"成员精彩故事入选名单

浇灌我的科技树——林萱仪

（广西壮族自治区梧州市第二实验小学）

"懒惰"也是种力量——王砚渤

（天津市河西区水晶小学）

快乐的创造力缘于快乐的生活——颜隽闻

（上海市静安区教育学院附属学校）

创新，源于实践，贵在坚持——蒋知函

（重庆市人和街小学）

"鼋蜻式科学观测小艇"发明制作记——杨皓羽

（宁夏银川市西夏区回民小学）

浇灌我的科技树

林萱仪 女，瑶族
广西壮族自治区梧州市
第二实验小学六年级学生

想要青山绿水，就得时常种树。

——题记

在我的成长过程中，我种植了很多树——我用游戏种出了快乐树；我用运动种出了健康树；我用琴、舞、画种出了艺术树；我用灵活的双手种出了我的科学树。

科学离不开创新。两年前，正是第九届梧州国际宝石节，全市在中小学开展以宝石为主题的一系列活动，我选择了手工创意这一项，刚开始是毫无头绪，主题确定不下来，材料就无法准备。看着时间一天天过去，心焦啊。我环视我的房间，当我的目光停留在写字桌上摆着的三只铁铸小蚂蚁时，心里一动，何不就用它。于是我用梧州的人造宝石、五颜六色的彩纸把这三只小蚂蚁变身为宝石精灵，还用废弃泡沫和妈妈煮菜的木勺为它们做了一把精美的小洋伞。这可不轻松，完成这项工作我可是花了足足4天的时间，真的感觉很累，但是心里却是无比的兴奋，因为创意带给我快乐。最终我的创意作品《宝石精灵》在第九届梧州国际宝石节"宝石娃娃"才艺展演赛中荣获特等奖。这是我科技树上结出的创新果。

我是一名小女孩，虽然我的兴趣很广泛，但也没想到我会爱上机器人这个项目。这首先要感谢学校，在2012年的学校兴趣小组中新增了机器人这一项目，当时参加兴趣小组的竞争是很激烈的，人多名额少，我当时想选择这一项目的女生一定不多，报名会有优势，就这样我成功地成为了其中的一名队员。开始的时候我是参加FLL项目的，每天放学以及周五兴趣班活动时间，我和我的小伙伴们就在小小的活动室里进行组拼、学习编程。我曾经是城区的优秀"娃娃解说员"，兴趣小组遇到解说任务时我会义不容辞，正好可以小秀一下口才；也正因为我是一名小女孩，我特有的细心弥补了其他男生稍微欠缺的地方，我找到了成就感，我的兴趣越来越浓。

不久，学校又组建VEX机器人兴趣小组，指导老师建议我参加，于是我又成为了其中的一名队员，并成为操盘手的主控。这一改变让我从中学会了更多东西。首先我学会了团队精神。训练与比赛都不是一个人的战场，而是一个团队在作战。我们的分工很细，有编程员，有搭建组，有操盘手，操盘也分为主控和副控，任何一个环节出现问题都会影响结果，于是我们约定遇到问题要互相讨论，商定解决方法，发扬民主，不能互相指责，得到成绩是集体的荣誉。经过区赛，获得了在深圳举办的全国赛的参加资格。都说技能是练出来的，我们VEX小组的同学抓紧时间进行训练，并在2013年7月来到南宁请专家进行指导训练，每天一大早就来到训练场，晚上11点才回到旅馆。有时由于场地限制，我们只能在旁边等待，但也没放过观察学习的机会，学习如何行走、如何运球、如何排除障碍等，在学习中我收获了坚持，学会了策略，也练出了本领。接踵而来的赛事让我把学到的东西一一落实到实践中。赛前我能鼓起勇气邀请其他组的成员与我们组队，这可是一个很大的突破，并与同伴一起组织战术，学会了沟通与交流；在赛场上，我学会沉着冷静，努力调整自己的心态，做到胜不骄，败不馁，遇到困难想办法，真切地体会到"办法是想出来的，潜能是逼出来的"；每一场比赛结束后我都会与我的同伴们一起做一些反思活动，反思在整个活动中哪些地方是做对了的，哪些地方通过修正可以达到更好的效果。这样我的经验总结能力又

（第一排右一是作者本人）参加亚洲机器人锦标赛"VEX机器人工程挑战赛"，荣获金奖啦

得到了进一步的提高。

辛勤浇出幸福花，我的付出让我有所收获：在参加深圳举办的"第四届青少年机器人活动暨'云学校杯'亚洲机器人锦标赛中国区选拔赛"VEX机器人工程挑战赛项目（中小学组）中荣获二等奖；在参加亚洲机器人锦标赛VEX机器人工程挑战赛项目（中小学组）中荣获金奖。2014年4月，前往美国参加2013年VEX机器人世界锦标赛。

这就是我种植的科技树，我用汗水、智慧去培育它，并添加了创新，溶入了坚持、勇气等等这些营养素帮助它成长，今后我还会种下更多的成长之树。

自治区电教馆馆长来指导我们比赛啦！多开心

在深圳举办的"第四届青少年机器人活动暨'云学校杯'亚洲机器人锦标赛"中，我和我的队友们正在交流比赛策略

这个可是我的第九届梧州国际宝石节的创意手工作品，它荣获了市级特等奖哦

专家点评 ZHUANJIA DIANPING

  一个国家、一个民族的发展离不开创新型人才，而创新型人才必定是全面发展，有着较高的科学素养的人。科学素养必须从小培养，从动手动脑抓起。本文的小主人公就是一位从小爱动手，爱动脑，对科学有着浓厚兴趣的小女孩。因为爱动手，敢创新，她创作出精美的手工作品《宝石精灵》；因为爱动手，爱动脑，她参加了学校机器人FLL项目组，并成为出色的讲解员；更因为她在动手、动脑的过程中不断努力、刻苦钻研，收获了累累硕果。

  这位小女孩的成长经历让我们感受到了现代孩子对科学技术的浓厚兴趣与积极创新的意识，感受到他们在科技创新活动中收获的成功与快乐！小作者用自己的亲身体验，向我们展示了她在成长路上收获的点点滴滴，传播了正能量，也让我们受到启发：应该从小培养每一位孩子勤于动脑，善于动手，敢于创新，让他们成长为构筑"中国梦"的创新型人才！

广西梧州市特级教师：何建欢

"懒惰"也是种力量

王砚渤 男
天津市河西区水晶小学
六年级学生

"懒人"是推动社会发展的核心，这并不是因为他们做得少，而是因为他们让人们做一件事所需的时间更短，进而做出更多的工作。

——题记

从我记事的时候起,我就是一个名副其实的"懒人",什么事都想方便地做好:我擦地的时候,满头大汗,就希望赋予拖把神奇的"魔力",让它自己擦地,而我坐在一边悠闲地看着它自己移动,把地擦得干干净净;正和伙伴们踢着足球,妈妈叫我回家吃饭,那时候,就想拥有一个胶囊,吞下去就饱了;洗碗的时候,都会尝试去调制一个"万能药水"来祛除污渍。可是那时的我对于科学知识知之甚少,只是一味地凭着直觉去"调配",那当然是行不通的。不过,虽然那时的行动没有效果,但这种"懒惰"的想法就像一粒奇怪而有趣、力量无穷的种子,在我的心里生根发芽。随着知识的不断增加,这粒种子也在不断成长……

在之后的日子里,我"懒惰"的点子一直不断冒出,每一件令我感到不便的事情,都似一场春雨,让这些"灵感春笋"骤然冒出。每每灵感的春笋冒出头来,我都会将它们熟记于心,记录在纸上。

直到后来,我慢慢发现,我的某些想法很快就实现了,这让我不再对自己的灵感产生怀疑,并且不断尝试去实现这些创意。因为我想去实现这些想法,便购买了"电子积木"、"简易机器人"、"乐高NXT智能机器人"等各种富有创造性的产品。利用它们,我先后制作出了自动化小夜灯,可以与移动设备协同工作的"床头小秘书",可以承载重物的"搬运机器人",以及可以接连使用的"打蛋器",具有定时提醒功能的"厨

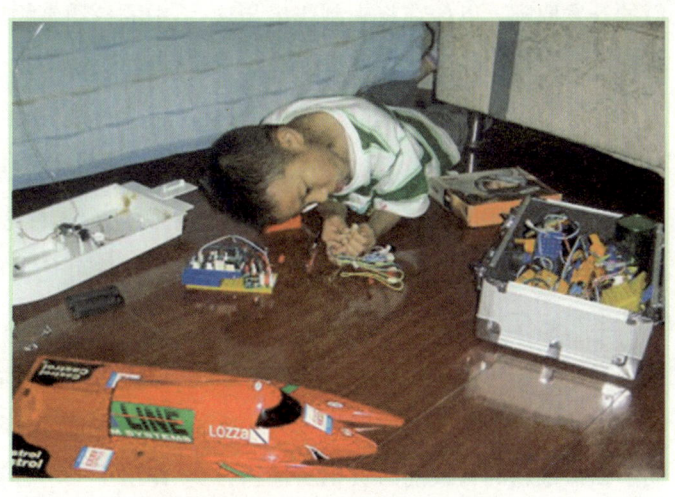

集中注意力进行科创活动的王砚渤同学

这是王砚渤同学的科创成果——机器人

房助理"等创新成果。与此同时，我还研究电脑软件的运行原理，试着接触它们的开发原理，以便在将来制作出与这些硬件能更好协作的软件与界面。

我不仅仅是一个"懒惰"的人，还是一个追求美观的人。看到现在电脑的界面，我在弄明白它原理的同时，更是进一步思考：电脑是什么？我们拿它来做什么？它变成什么样子才更方便我们使用它？

在计算机技术飞速发展的今天，人们不断被最新的科技前沿资讯所惊喜，大家都认为我们的生活已变得相当便利。可是，我却是个"愤世嫉俗"的家伙，总是想要根据我的思路去改变生活中的一切事物。在我们普遍使用的电脑操作系统中，免不了存在一些不必要的程序，其中一些更是导致电脑运行缓慢，垃圾信息层出不穷。这里面也有优秀的系统（我个人比较欣赏Chrome系统），可是和我们的使用习惯有不小的出入。我虽然没有软件开发的基础知识，可是，概念还是可以做出来的。利用PowerPoint的实用功能，我设计并制作出了一个有趣的工具，它使用便捷，从使用逻辑上改变了死板的已有系统，界面在我看来也是最为美观的,这也许就是未来系统的雏形吧。

我的奇思妙想永远也不会枯竭,在任何时间、任何地点我总会是一位"愤世嫉俗"的家伙,我会为了方便所有人的生活这一目的,做好我规划中的事,以"懒惰"的力量推动社会进步。

专家点评 ZHUANJIA DIANPING

在同学和老师的眼里,王砚渤平凡而普通,没有人知道他拿过多少大奖;但知道他是个"能人",无论遇到什么困难,总会在他那里得到解决。他精力充足,在跑道上风驰电掣,在足球场上敏捷而灵活。学习任务轻松时,组建自己的"公司"且办得有声有色,创作的作品总能得到同学们的捧场。周围人的手机、电脑出了问题,总会先想到他;他总能用自己掌握的科技知识来解决生活中遇到的问题,他有层出不穷的创意,又有执著、不服输的劲头,这是一个杰出的少年,我看好并祝福他!

天津市河西区四十二中学校长:邢 坚

快乐的创造力缘于快乐的生活

颜隽闻　男
上海市静安区教育学院附属学校
六年级学生

快乐生活是积极进取的精神状态，是人们追求幸福乐园的美好注脚。对于学业负担过重、学业压力过大的我们来说，我们需要自由快乐成长的空间——活动的空间、学习的空间、娱乐的空间。

——题记

颜隽闻的科创成果获得上海市一等奖

快乐生活

快乐是一种积极、肯定的情感体验，是人身心发展的本能欲望，是需求得到满足后产生的满意、舒适、愉悦的心理感受，是人的一种乐观精神，也是一种良性的心理休养方式与心理习惯。我们这些在校就读的孩子应该做一个快乐的人。

我的小学是在愉快教育的发源地——一师附小就读的，愉快的学校教育、宽松的家庭教育，帮助我感受到学习是件快乐的事，在轻松的氛围中找到自己的兴趣爱好增长点，培养良好的习惯，塑造积极乐观的个性。下面一首小诗是我自己创作的，也是我小学生活的真实写照：

零零后的我是幸福的，
零零后的我是快乐的。
有人说儿子是调皮的，
妈妈说这是天性。
有人说儿子是捣蛋的，
爸爸说这就是男孩。
因为有爸爸的宽容，
因为有妈妈的亲和，
我的生活词典里只有快乐、创造两词。
我学会了用眼睛去观察，
我学会了用耳朵去倾听，
我学会了用双手去创造。
当我背着书包上学堂时，
良好的习惯让我拥有
更多的自由空间。
每天课后我有活动的空间，
每周双休我有学习的空间，
每个假期我有娱乐的空间。
白色羽球满场飞，绿茵场上汗珠淌，
游泳池中飞鱼过，黑白世界对弈忙，
醉人琴声学演奏，假期足迹遍四方。
每周的业余学习，懂得了坚持不懈，

每次的实践活动,懂得了关爱他人,
每年的交流互访,学会了自理自主。
父母为我开启成长的旅程,
老师为我打造智慧的钥匙!

独立思考

学校老师引导我们从小养成阅读的习惯,家长也在家庭中起到了表率作用,与我一起开展亲子阅读、交流探讨,从书中汲取知识的同时,灌输给我无畏的勇气、坚定的信念、强烈的责任感。

书本带给我无穷的创造力量,只要敢于勇于实践,就能在探索中创造奇迹,在创造中探索未来。我喜欢侦探类、科幻类、军事类小说,喜欢看纪实类纪录片、各类体育比赛,广泛的兴趣爱好中,我将多元文化进行自行组合。

入学以来,我就是一个能自我管理的小男生。不丢一支铅笔,不褶皱一张纸。三年级时,独自拉着行李箱踏上远赴意大利的旅途,11天的行程,坚持写日记,坚持自带水杯。来回一直整齐的行李箱让妈妈和老师知道了我是一个能独立思考、有责任心的男子汉。

我喜欢这个学校的学习氛围,课堂上能学习课本知识,课堂外还能锻炼实践能力。法国著名的军事家拿破仑说过:"不想当元帅的士兵,不是一个好士兵,因为他没有上进心,没有进取心。"我要做一名"军校学员",不断磨练自己的毅力,遇到困难不气馁,碰到问题不退缩,挑战自己战胜困难的意志,向一个真正的男子汉进发!

善于创造

创造是什么?创造就是运用新观点,来解决种种问题,并能一个接一个地发现、创造出新事物。老师的鼓励,家长的放手让我从小喜欢观察周围事物

颜隽闻和团队伙伴合影

的情况，感受各种事物之间的联系，并在其中寻找规律，从而激发出我对周围事物的研究欲望，以及再创造的意念。

一师附小地处市中心，位于十字路口，学区内学生与学区外择校生形成上下学私家车接送情况严重，尤其是放学时段车辆滞留在校门口附近，人车混杂、摩擦不断，造成道路拥挤，形成人身及车辆等安全隐患。尽管有交警指挥，但拥堵问题始终得不到解决。学校方面也接到相关部门要求整改的通知。我们非常着急，决定成立课题组开展《城市上下学时段交通拥堵的分析与对策》的研究。

2013年元旦，我在北京获得了第八届中国科学院小院士的称号，这项课题研究在老师的指导和家长的帮助下，历时一年多的课题研究终于获得了成功。

只有在快乐生活中善于独立思考，才能创造奇迹，开出智慧的奇葩。

难忘的一刻

在我的记忆中有太多的一刻、瞬间令我难忘。当我拉着行李箱乘上飞机，远赴意大利去文化交流演出时，那一刻的忐忑让我难忘；当我站在学校领操台上，将国旗冉冉升起时，那一刻的激动让我难忘；当我能脱离马术教练的缰绳，独自驾驭着马匹在马场上驰骋时，那一刻的紧张让我难忘……而这次又有一份精彩烙在了我的脑海里……

那是2013年新年后上学的第一天，升旗仪式全校直播。我被通知进入直播大厅候场。只见鲁校长满面笑容地走上主席台，拿起话筒，激动地向大家宣布："一师附小的3名队员在第八届中国科学院'小院士'课题研究成果展示活动中荣获一等奖的好成绩！同时颜隽闻同学还被授予'科学院小院士'称号，这是一师附小第一次获此殊荣，让我们为3名队员和带队老师鼓掌！"身边的老师、同学都将赞许的目光投向我们3人，我咧嘴笑着，心里却涌上了万般滋味……

早在一年半前，当我们成立《城市上下学时段交通拥堵的分析与对策》课题组时，我既兴奋，又茫然。兴奋的是，我可以和伙伴们一起商量方案；茫然的是，我们如何获得研究数据呢？此后，校门口成了我们拍摄素材的场地；周末科学会堂就是我们修改课题的场地。在校门口，我们把问卷一一发放到每位家长手中。只听见家长们不断地向我们提议，我们用笔最快速地将建议一五一十地记录下来。功夫不负有心人，我们终于取得了去北京参加答辩的入场券。还没等我喘口气，我们这个团队又一次踏上了征程。

在赴北京的火车上，黄老师不断地为我们做课题辅导，让我们了解、熟悉课题报告，不厌其烦地一遍又一遍地模拟答辩……终于在比赛那天，我们胸有成竹，应对自如，取得了全国一等奖的好成绩。我正沉浸在回忆中，突然听主持人说道："请鲁校长为3名队员穿院士服！"我们走上台，鲁校长亲手把院士服套在我身上，她慈爱地为我抚了抚衣襟，拍着我的肩说："孩子，祝贺你！"这一刻，我的心里比吃了蜜还甜，我嘿嘿笑着，老师们手中的相机为我将这难忘的一刻定格了下来……

 专家点评 ZHUANJIA DIANPING

> 颜隽闻同学是在愉快的学校教育理念下学习，在宽松的家庭教育指导下成长的。他在良好的习惯中把学习当作一件快乐的事，在轻松的氛围中找到自己的兴趣爱好增长点。他有乐于观察的习惯，有勤于探索的热情，更有善于创造的激情。因为少了学业的压力，多了自由的空间，所以他拥有了科学探索的时间，拥有了独立解决问题的能力，在各级各类的比赛中获得了骄人的成绩。快乐的创造力缘于快乐的生活，为师者唯有为其创造一切教育资源，使他执著于自己的追求、爱好，为自己的人生奠定扎实的根基，这是为师者的幸福。
>
> 上海市静安区教育学院附属学校特级校长：张人利

创新，源于实践，贵在坚持

蒋知函 女
重庆市人和街小学
六年级学生

提出问题有如在满河坚冰上打开窗户，而解决问题有如破冰远航，需要克服无数艰难险阻，才能到达创新的彼岸。

——题记

小时候,我喜欢阅读《探索》杂志,看纪录片总爱打破砂锅问到底,想弄清楚为什么。在我幼儿园的作业本里,还能找到我观察黄豆生长的记录、即兴创作的稚嫩童谣,以及随手而就的想象画。那时候,好奇心就像一位亲切的启蒙老师引领着我走进知识与创造的殿堂。

上学了,科学课成了我的最爱,每一堂课的笔记都被老师奉为典范,每一年的科技活动周都是热情忠实的参与者,通过制作简易电话、平衡纸桥、气球车以及小孔成像实验等,我惊喜地发现了自然世界缤纷多彩的魅力。那时候,兴趣为我打开了走近科学的又一扇窗。

后来,在喜欢发明,并拥有三项专利的舅舅启发下,我慢慢学会用科学道理来解决生活中遇到的小问题。为了保护我由于长时间用力写字打茧的手指,我从鞋带和雨伞扣中得到灵感,尝试制作了"粘缩式通用握笔套";为了轻装旅游,克服与妈妈共饮一杯水的不便,催生了"分合式双味饮料瓶"的思路。目前,这些生活小发明已获得国家实用新型专利受理。原来,发现源于生活,创新源于实践,这让我初尝了科学创新的甜头。

2012 年,老师推荐我参加重庆市第九届少年儿童"争当小实验家"科学体验赛生物实验竞赛,在众多试管、烧杯、滤器轻轻碰撞的交响乐中,在各种植物、试液散发出的幽幽清香中,在被显微镜放大的神奇微生物世界里,我浑身的细胞都被快乐和满足调动起来,充满了灵动和活力。而在反复论证和实验中,是一次又一次的失败坚定了我坚持

获得中国青少年科技创新奖

探索的决心，是一次又一次的进步笃定了我不懈求知的信念。

终于，我在这次比赛中获得了一等奖，并被推荐参加中国少年科学院全国第三届"青少年走进科学世界"科学实验大赛且获得了金奖！在组委会组织的大学、科技馆、实验基地参观中，我第一次深深震撼和敬畏于科技创新的社会责任和不朽力量。在清华大学举行的颁奖仪式上，那么多著名院士和专家亲自到场鼓励和教导我们："创新的道路从不平坦，但勤奋和坚持的人在这条道路上从不寂寞！"这铿锵有力的话语使我备受激励，擦亮了我心中科学创新的火焰。

2013年的春节，对人们来说就像一场"餐桌文化的革命"，聚在家里吃年夜饭成为我们回归传统的新时尚，不但有欢乐祥和的温馨气氛，一份对比鲜明的账单更是引起了我对社会热议的浪费问题的思考。

妈妈鼓励我认真探究一下这个问题，通过搜索"浪费"一词，我惊讶地发现近些年随着人们生活水平的提高，"舌尖上的浪费"问题已相当严重，以至于全国各地发起了"反对浪费，提倡节约"的"光盘"行动。那重庆人怎么看待这个问题呢？在爸爸妈妈和老师的支持下，没想到一个疑问竟催生了一次难忘的社会调查。

采访重庆工商大学经济学专家黄志亮教授

怎样着手调查呢？首先，老师指导我作了调查计划，"要想全面了解人们的看法，必须锁定不同的人群……"，我一边不住地点头，一边在本子上列出了各种调查对象。"然后，针对人们可能产生的不同想法，拟定调查问卷……"嘿，这项工作看来挺有意思，我的兴趣很快被激发起来，一边在网上查阅资料，一边画出不同区域的、人流量大的商业中心随机采访路线图。那两天时间，我浑身的细胞再次被好奇心和新鲜感充斥着，仿佛离我想要的答案越来越近……

但是，科学实践就是这样，提出问题有如在满河坚冰上打开窟窿，而解决问题却有如破冰远航，需要克服无数艰难险阻，才能到达创新的彼岸。

当准备工作就绪，我踌躇满志地来到解放碑，望着人山人海的景象时，却心生胆怯，不知从何下手。妈妈鼓励我："大胆去尝试，人们一定会配合的。"我鼓起勇气，将目标锁定为一位看似大学生的人："哥哥你好，你今年年夜饭在哪儿吃的？"大哥哥虽觉得唐突，有点措手不及，但还是与我对答如流，让我顺利地完成了第一次采访。这让我信心大增，但后面的过程远非我想象的那样如意，好多人不是置之不理，就是摆手拒绝，近50人的采访中，有失望、有沮丧、有振作、有从容，但经过这一番经验性的探索，后来在调查餐馆和行业时，竟

上图：走访重庆市商委冯涛处长

下图：在班级开展问卷调查

学习在显微镜下观察细胞

然表现得颇为专业，提问也越来越得心应手了，叔叔阿姨们一个劲儿地夸我大方得体，还有思想。

半个月的问卷调查和采访结束了，我一边整理一大摞笔记、录音资料、问卷统计分析，一边在想，多数人对浪费问题的认识是一致的，怎样才能挖掘出老师要求的新颖观点呢？怎样进一步探索反对浪费的科学道理呢？看着面前大鱼大肉的桌席菜单和照片，我不禁想到营养与健康的问题，营养过剩不也是一种浪费吗！瞬间的灵感让我豁然开朗，仿佛在冰河中凿出了一条航线，于是这就有了访问营养学专家的线索。通过学习科学的实验分析，创造性地提出了反对浪费有利于人们身心健康的结论。

整整一个多月夜以继日地努力，几经烦躁、退缩、放弃和重启，在爸爸妈妈和老师的指导下，我终于把日记式的调查记录打磨成了一篇调查论文，不仅得到了媒体的关注和转载，行业部门的重视，在第28届青少年科技创新大赛中还一路斩获好成绩：渝中区一等奖，重庆市一等奖，西南大学单项奖，全国三等奖，进而获得了区长奖，入围市长奖……

站在一个个领奖台上，我体会到经历艰难之后的"破冰远航"是多么从容而愉悦！然而掩卷沉思，更为重要的是，这段经历不仅让我学会了发现和解决问题的途径，不仅从采访中锻炼了胆量、沟通、思维能力，更让我感受到科学研究道路的艰辛，创新结论的来之不易。只有坚持不懈，创新实践，才会到达理想的彼岸！

 专家点评 ZHUANJIA DIANPING

她是勤学善思、严谨踏实的学生。对新事物有强烈的求知欲，善于观察，热爱钻研，思维活跃，分析解决问题的能力逐步增强，并在科技创新活动中取得了一个个进步：荣获中国少年科学院全国第三届"青少年走进科学世界"科学实验大赛金奖；重庆市第九届少年儿童"争当小实验家"生物竞赛一等奖，等等。

她是阳光进取、富有责任心的孩子。"三好学生"、"四好少年"、"优秀少先队干部"等荣誉见证了成长的经历，重庆市科普宣传日、科技作品展示会有她愉快忙碌的身影，少代会提案里有她独到诚恳的建议，重庆新闻奖评选中她初露头角，科技活动周、环保公益发布会她是积极的参与者。

她也内敛沉静，习惯于默默地坚持用汗水浇灌待放的花朵，用行动烙下日渐坚实的足印。

重庆市巴蜀中学特级教师：李桂兰

"鼋蜻式科学观测小艇"
发明制作记

杨皓羽
宁夏银川市西夏区回民小学
五年级（2）班学生

创新来自99%的学习实践 + 1%的灵感。
——题记

嗨,大家好!我叫杨皓羽。我来自宁夏银川市西夏区回民小学五年级(2)班。平时同学们都爱叫我"杨小四"或"小科学迷",为什么呢?因为,个子不高的我,从上幼儿园的时候就戴上了小眼镜,每次上课回答问题、还有和同学说话的时候,我都得先推推鼻子上的眼镜,时间久了,自然而然地就得了"小眼镜"这个雅号。至于"小科学迷"嘛,哈哈,因为我不仅是我们班的科学课代表,在我们年级,我还是个上知天文、下知地理的"小博士"呢。吹牛?才不是呢,因为我从幼儿园起就订阅《我们爱科学》、《趣味数学》、《军事集结号》等杂志,期期不落,可爱看了。除此之外,我还爱看《自然密码》、《探索与发现》、《我爱发明》等电视节目,像科学家奥斯丁、爱因斯坦、瓦特等,都是我崇拜的偶像。每次爸爸带我去户外活动,我都会带上我的放大镜、标本采集盒等装备,回来后在显微镜下观察我采集的标本。我不仅爱看科学方面的书,还爱动手修理和制作一些东西呢,像妈妈的吹风机、爸爸的电动剃须刀,我都打开又安装好,至于我的遥控车、遥控飞机,更是我练手的好伙伴。

有一次,在看《动物世界》时,看到有一个科学家披着几百斤重的铁皮河马外壳爬向水塘,进行河马观测研究,不仅笨拙还很危险,我就想如果研制出一个野生动物观测机器人,在人类无法到达的危险、复杂水域,进行河流湖泊水质水况勘测、野生动物生活习性研究等水上科学观测,不是很好的创意吗?带着这个想法,我上网查了好多机器人的外形,有观察海洋动物的深海机器

在指导老师的督导下进行科创活动

将实验成功的小艇放到公园湖中实验,闭合开关,马达带动叶轮旋转,推动小艇匀速前进,艇身稳定性良好,图像传送清晰

人、有观测老虎的原木机器人、有观测北极熊的雪球机器人,但唯一缺乏观测水上动植物的机器人。有一天,在水边玩耍,突然看到水蜘能在水面快速滑行,灵机一动,如果设计一个"水蜘式仿生观测小艇"(机器人),在它的眼部安装上摄像观测装置、传感装置,将观测到的数据及图像进行实时传送,不就能更隐蔽地进行野外观测探索研究吗?这样不仅能提高观测研究的实效性、真实性,还能保证研究人员的安全。

说干就干,我找来了硬塑料泡沫块制作船身,用废旧塑料瓶子作浮子,先后利用遥控车和遥控玩具飞机的程序驱动,带动小电机,使小艇尾部装上的叶轮旋转,借助反冲力运动推动小艇前进。另外,在水蜘式仿生观测小艇(机器人)眼部安装微型摄像头,在身体内部安装观测发射装置,利用小电视作为图像接收器,经过反复试验,哈哈,我的观测小艇终于制作成功了。

下面是我和小伙伴在老师的指导下进行的研究试验:

1.初次研制的模型。用塑料喷壶加工制作身体,塑料软管制作昆虫的6条腿,用6个乒乓球代替足趾。实验中发现昆虫身体重,6只足不能支撑身体,在水中部分下沉。

2.第二次改进。昆虫的身体用硬塑料泡沫材料制作,减轻了重量,漂浮状态良好。接下来,采用手机电池作动力,用玩具电机带动叶轮让小艇运动起来,但是由于塑料软管做的腿不具备支撑力,不能保持小艇重心稳定。

3.第三次改进。为了保持小艇运动时重心稳定,我们采用竹条造型制作昆虫6条腿和底盘支架,然后把船身(昆

在科创展示会上演示自己的科创成果

我们制作的小艇是利用遥控玩具飞机的程序进行驱动，使其在水面航行。在制作的过程中，解决了选择废旧材料、制作外形、验证沉浮原理、安装摄像头、组装电池组等一系列问题，不仅增强了我的动手能力，还提高了我的探究兴趣，同时，

虫躯体）固定在支架上。实验发现鼋蜻小艇在水面上漂浮的状态很好，运动时重心平稳。经过上色伪装，基本上可以定型了。

让我明白了一个道理：那就是99%的学习、积累、实践，加上1%的灵感才能够进行科学创新。将来，我要不断地学习，不仅要学好文化知识，还要学会计算机编程技术、设计程序，以操控我们的观测小艇，到野外进行实际观测研究，实现真正意义上的影像实时传送接收，让我的发明为科学研究人员服务。

4.将实验成功的小艇放到公园的湖泊中实验，闭合开关，马达带动叶轮旋转，推动小艇匀速前进，艇身稳定性良好，图像传送清晰。

专家点评 ZHUANJIA DIANPING

"鼋蜻式科学观测小艇"的成功发明，首先得益于杨皓羽同学是个"小科学迷"，阅读科技类图书、看相关电视节目、崇拜科学家，尤其是因此还积累了一定的动手能力，这些都是现在应试教育所不能给予的。其次是他对生活细致的观察和思考，从水蜻能在水面快速滑行，想到设计一个"水蜻式仿生观测小艇"，这说明杨皓羽同学有一双"慧眼"。最后就是坚持，从构思到发明成功，他能从一次次实验的失败中发现问题、找出改进的方法；从选择废旧材料、制作外形、验证沉浮原理，到安装摄像头、组装电池组等一系列问题的解决，这对于一个11岁的孩子来说，难度确实很大，但是他坚持下来了，并取得了成功。这个小故事说明兴趣就是科技创新的源泉。

银川市凤城特级教师：孟云虎

初 中

创新贵在实践，追梦贵在坚持

初中组

第九届中国青少年科技创新"梦之队"成员精彩故事入选名单

追星少年的多彩创新路——张及晨
（北京一零一中学初中二年级）

成功来自坚持——我的科技创新成长路——青尚龙（壮族）
（广西南宁市第三十一中学初中三年级）

兴趣让我爱上科技创新——谭清倩
（重庆市丰都县第三中学初中二年级）

科技与美学的完美融合——张兴武
（宁夏回族自治区银川市外国语实验学校初中三年级）

一路奔跑，追梦……——卢思睿
（浙江省宁波市北仑区东海实验学校初中二年级）

追星少年的多彩创新路

张及晨
北京一零一中学初中
二年级学生

追星探索宇宙，环保美丽家园；创新源自生活，科技造福社会。

——题记

仰望星空 探索宇宙

我从小痴迷星空，9岁起在北京市少年宫学习天文。天文是研究人类生产生活的宇宙环境的古老科学，强调观测实践，然而"追星"不易。有时要搬运沉重的望远镜，去偏远的荒山野地；冬天忍受零下十几度的严寒，夏天被蚊虫包围叮咬，经常整晚不眠，只能蜷在车里打个盹儿；还要随时跟踪国际最新天文研究进展，观测百年不遇的天象。我曾南下云南大理追日环食，北上哈尔滨追金星凌日，甚至不远万里跨洋到澳大利亚追日全食……这些困难、艰辛都无法阻挡我——一个追星少年探索宇宙的信心，已连续4年在全国中学生天文奥林匹克竞赛中获奖，现在正在做天空辉光及PM2.5对星空观测影响的定量研究。

同学们可能觉得天文研究太"高大上"了，其实不然，创新无所不在，追星少年可以做许多力所能及的事情，学以致用，回馈社会。

2011年起，我在北京天文馆朱进馆长等专家的指导下，发起《仰望星空，探索宇宙》天文科普公益行动，得到中国青少年发展基金会小天使行动基金的支持。"追星少年"团队，经常活跃在北京天文馆进行志愿讲解服务。

2012年我向226位同学做了天文知识调查，完成了统计分析报告。其中85%的同学从没有见过真实的银河，84%的同学认为有必要在中小学开设天文课等，我在报告中提出，通过特殊天象观测，如日食、月食、金星凌日等，及传统民俗活

学校天文台

动，如中秋观月、七夕观星等，能有效地培养同学们的天文兴趣。

我曾在北京天文馆、中华世纪坛等地举办公开讲座，担任夏、冬令营天文导师；根据同学们关心的时势、天象，结合自己的天文特长，多次在一零一中学、中关村二小、怀柔长哨营小学、打工子弟学校等场所举办讲座；还结合现在热映的《来自星星的你》，给同学们讲解天文知识。

2014年我开始做暗夜保护项目，准备在北京郊区选择一两家常去观星的农家院，组织天文观测活动，宣传暗夜保护，防治光污染，欣赏星空美景，推动观星旅游。

脚踏实地 保护环境

我不仅是探索宇宙的追星少年，而且是一名老资格的环保小卫士。在仰望星空的过程中，我不断思考人与地球、人与宇宙的关系，意识到要好好珍爱我们唯一的家园——地球。由于我在公益

天文馆六一讲座

创新方面的努力，作为唯一的中学生，参加了在北京师范大学举办的"2012年社会发展青年领袖——两岸三地青年公益创意夏令营"。

2009年起，我积极参加"自然之友"环保教育活动，组建了中关村二小的"根与芽"小组，学习自然农耕、厨余垃圾堆肥等。2009年组织同学们检测小区的"电磁环境"，检测了电脑、复印机、微波炉、航模遥控器、手机等辐射，对身边看不见的电磁危害有了初步的认识。

2011年暑期我参加了"珍爱生命之水——青少年科学调查体验活动"，通过对2001年到2010年北京亦庄附近某气象站的降雨量、温度等数据的统计和分析，初步建立了降雨量和日温差的数学模型，并写成论文，在2012年《气象知

识》杂志上发表,被收入《中关村二小学生创新文集》一书。

2013年3月我参与组织了"百姓和民间环保意识之PM2.5检测活动",检测了道路口、汽车尾气、做饭油烟、吸烟、空气净化器、加湿器等的PM2.5数值,呼吁政府及公众重视PM2.5的治理,该活动报道在两会期间CCTV-NEWS整点新闻中播出。我还根据测试结果,提出几个降低PM2.5危害的可行性方案,并在暗夜保护项目中重点研究PM2.5对天文观测的影响。

2014年我发起的《美丽校园,影像自然——用镜头记录成长,用影像保护自然》环保项目,得到了北京大学山水自然保护中心的支持以及资深自然摄影师徐健老师的指导,在多所学校同时开展活动。发动同学拿起手机、相机,拍摄校园内的动植物,了解校园的美景,展现人与自然的故事,身体力行保护大自然。

学以致用 回馈社会

科技创新,要从身边小事做起。我在日常生活、学习中非常注重观察,经常发现一些新问题,触发灵感,做出小发明。我也得到了学校、老师及社会各界的鼓励、帮助和支持。

2010年"窗台生态园和环保新宠物"项目,获得了中国科协"我的低碳生活"全国科技创意大赛创意类三等奖。2011年小发明"简易育苗盘的设计——鸡蛋外包装的重复利用"在全国科技周主会场上展示,获得了中国专利年会校园发明与创新优秀奖,及李四光少年儿童科学奖等。我的环保新宠物蚯蚓还可能飞上天空,因为"以蚯蚓为主体的微型废物处理、养殖循环系统的探索"获得2011年探梦"天宫"——青少

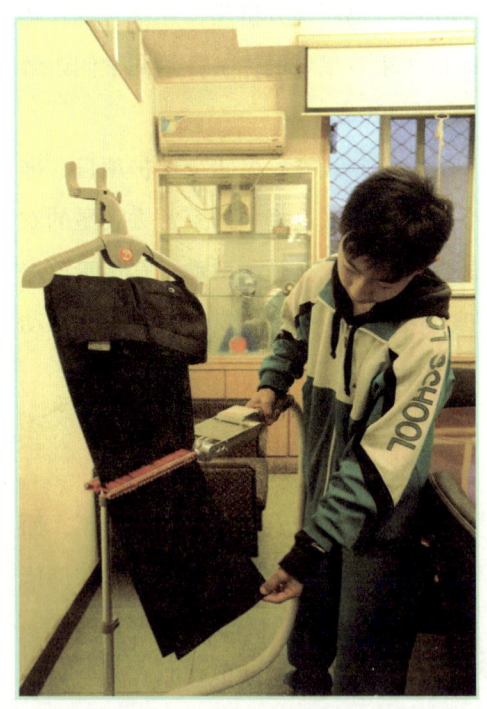

发明样品操作

创新大赛现场展示

年科学实验搭载方案小学组二等奖。

同学们,请看看我这些小发明是否都非常简单,这不,我常看到妈妈在熨衣服时,抱怨裤子还要正反两面熨烫,我就思考能不能设计一种蒸汽熨刷,可同时熨烫裤子的两边呢?

2012年,我参加北京市海淀区社会大课堂创新人才培养千人计划,得到了在清华大学基础工业实验室的学习实践机会,在张秀海老师的指导下,采用了多种试验、加工工艺,终于做出了可以两面出蒸汽的蒸汽熨刷,解决了熨烫裤子、裤线等生活中的小烦恼。2012年7月我向国家知识产权局申报了《蒸汽熨刷》的实用新型专利,经过三次修改,于2013年7月正式获得了国家发明专利,专利号ZL 2012 2 0330606.3。我在学校老师、专家的指导下,又对专利进行了进一步的改进,设计出可移动、翻转式蒸汽熨刷,可用于功率强大、熨烫效果好的挂烫机上,市场前景广阔。该项目在2014年北京市青少年科技创新大赛中获得一等奖,在公开展览时许多观众都很感兴趣,希望早日用上新产品。下一步我准备研制外观时尚、轻捷易用的商品化样机,争取实现专利转让。

作为经常在野外观星的追星少年,我非常注重户外安全,参加过多次红十字急救培训,获得了初级急救员证书。我经常思考在天灾人祸突然发生时,我们该怎么办?很多人可能会由于缺少急救知识和急救设备,错过了急救的最佳时机。我基于实地调研、网上问卷,以及对北京急救中心、红十字会、民政部紧急救援机构等人员采访,完成了《驾驶员急救培训及车载急救包配备的调查研究》,论述了北京开展驾驶员急救培训和配备车载急救包的必要性和可行性，于2012年提交北京市"两会"，《北京晚报》、北京交通广播、《中国少年报》等媒体都有专题报道，并收入《科学建议奖获奖项目汇编》一书中（北京教委编）。我希望通过自己的微薄之力，让世界变得更美好。

以上就是我这几年来参与科技创新活动获得的一些成绩和收获，希望和大家一起分享。许多同学觉得科技创新很神秘、很深奥、很枯燥，是专属科学家们的事情。其实生活中的科技创新无处不在，充满了无穷的乐趣，等待我们大展身手。

专家点评 ZHUANJIA DIANPING

作为老师，非常高兴地看到张及晨同学在天文、科技、艺术、体育等方面的全面发展和优异成绩；他不仅自己积极参加科技、公益活动，还将自己的知识与同学分享，学以致用、回馈社会。每学年，张及晨及其他天文社同学都精心组织了多次天文科普活动，丰富了校园生活；他还走出校园，组织了系列公益活动，产生了很好的社会影响。张及晨还非常关注PM2.5问题，课余学习相关课程，花很少的钱，将教室里的电风扇改装成空气净化器，改善了空气质量。在学校"一二·九"合唱节指挥台上，在运动会赛场上，张及晨还为我们展现了文体方面的才能。在张及晨同学身上体现了我校"唤醒学生自我教育与自主发展的潜能"的教育理念。祝张及晨同学在今后的成长道路上，"百尺竿头更进一步"。

北京101中学特级教师：严寅贤

成功来自坚持
——我的科技创新成长路

青尚龙 男（壮族）
广西南宁市第三十一中学
初中三年级学生

好的作品，是必须付出很大的努力的，必须坚持不懈才能成功。

——题记

我曾经是父母眼中的"捣乱少年",老师眼中的"执著少年",同学眼中的"创新狂少年"。

我的两项科技创新成果在第28届全国青少年科技创新大赛中获奖,其中"植物保护机器虫"荣获一等奖,"多功能高处清扫器"荣获三等奖。

我就是广西南宁市第三十一中学初三学生青尚龙,凭借着热情和坚持,在自己的科技创新路上稳打稳扎地一步一步前进。

"捣乱少年"的执著

虽然我在爸爸妈妈眼里是"捣乱少年",但我不是那种到处故意搞破坏的"捣乱少年",不是制造破坏,而是常常把东西拆开,看个清楚弄个明白。

我从懂事起就对身边的事物充满好奇,热衷于幻想。从小学一年级开始,我就在科学与幻想中去探索,去遨游,常常喜欢对东西"捣乱",以求看清楚弄明白。

在小学三年级的那一年,我参观了在科技创新大赛中的小发明项目,发现这些小发明项目原来并不难,而且有些还比较简单。我心里想:这样的发明我也能做。在老师的鼓励下,我开始尝试自己动手制作小发明,第一次参加比赛就拿了三等奖,虽然获奖等级不高,但从那时起我对小发明产生了浓厚的兴趣。从小就喜欢"捣乱"的我对事物产生了更大的好奇心,看到家里的生活用具、小

青尚龙同学(右三)作为第九届中国青少年科技创新奖获奖代表上台领奖

青尚龙同学参加第28届全国青少年科技创新大赛

家电……我都要"捣乱"拆开，弄清它们的结构和原理，因为我觉得这对搞发明有很大的帮助，但是，每次拆开后都不知道怎么装回去，家里常常被我弄得乱七八糟，满地都是小零件，常被爸爸妈妈骂我捣乱，但我还是继续着自己的"捣乱"。后来，当一件件小发明被我制作出来之后，爸爸妈妈也改变了对我的态度。

也许是小发明的技术不高，制作工艺有限，连续好几年，我的发明作品一直没有获得过南宁市创新大赛的一等奖，但我总是相信自己，只要我有坚持不懈的信念，说不定哪一天就会如愿以偿拿到大奖。

"创新狂少年"挑战"麻烦事"

2012年8月，我从小学升入广西南宁市第三十一中学就读初中。南宁市第三十一中学以科技创新教育为办学特色，开设科技创新课，建立发明创新小组，有浓厚的科技创新教育氛围，这使我更喜欢发明创新了。在一次科技创新课上，我提出了"蜘蛛网清扫器"的发明设想，得到老师的肯定。我利用课余时间，很快就制作出了一个简单的样品，拿给老师试用时，发现还存在很多不足的地方。科技指导蒙科祺老师针对存在的问题，建议和指导我重新设计，并说："改进得好，有希望能获得大奖。"蒙老师当时给我的建议是："把蜘蛛网清扫器的杆柄改成伸缩形式。"得到蒙老师的启示，我的脑子更加灵光了，这是个不错的建议，但我知道这可是个难题。

作品设计看起来比较简单，但要很好地解决问题可不容易。因为这件小发明作品有外管和内管，内管是用来转动扫头的，外管是用来被手抓住的。外伸缩管我是想到了办法，可内伸缩管用什么办法来解决呢？我想了很久都没有想出好办法。问爸爸妈妈，也没有什么好的建议，自己尝试了好几种办法：铁链式、天线式、弹簧式……还是不行。我真的遇上了难题，有时候我想放弃，因为太麻烦了，但是坚定的信心使我没有放弃，因为我知道：好的作品，是必须要付出很大的努力的，必须坚持不懈才能成功。

功夫不负有心人，终于有一天我想出了好办法。那是一个下雨天，我还在床上苦苦思索这个问题时，爸爸妈妈从外面下班回来，在他们放雨伞的那一刻，我突然灵感一闪：能不能用伞柄的结构形式做成内伸缩管？经过思考，是可以运用伞柄的伸缩结构来做内伸缩管的。我高兴得大叫："太好了，太好了！"解决问题的方法终于找到了，所用的材料也找到了，我开始制作。但又一个问题来了：伸多长才合适呢？外管多长？内管要几节组成？由于最初盲目地切割与拼接，其功能未能达到所需要的效果，并且浪费了很多材料，我不得不重新思考、计算、设计。经过多次的尺寸对比，终于得出新的制作方案。由于参加创新大赛的时间快到了，我赶紧制作了新的样品，并在参加南宁市青少年科技创新大赛中荣获了一等奖。我很高兴，终于获得市级一等奖了，并且要代表南宁市上送参加广西青少年科技创新大赛。

蒙科祺老师又给我提出建议：在清

青尚龙同学在制作多功能高处清扫器

扫器上多做几个扫头，做成多功能的清扫器。听了蒙老师的建议，我想：是啊，做成多功能的，争取参加广西青少年科技创新大赛也能荣获一等奖。说起来容易，但做起来就不同了。做成多功能就需要多种不同的材料，而且这些材料在市场上不容易找到。我只好想办法废物利用，找一些可以代替的材料。

经过努力，我最后发明成功的多功能高处清扫器是这样的：其由伸缩杆柄、清扫头、手摇柄组成，伸缩杆柄由内、外伸缩管构成并可同步伸缩，内伸缩管的两端分别设有清扫头接口和手摇柄，清扫头为多样式的蜘蛛网扫头、窗户扫头、光管扫头、灰尘扫头等，其中与蜘蛛网扫头配套的还有一个蜘蛛网梳，用于清除掉卷在蜘蛛网扫头上的蜘蛛网。当需要清扫房屋高处的蜘蛛网时，在清扫头接口接上蜘蛛网扫头，根据清扫的高低调节伸缩杆柄的长度，一手拿住杆柄，对着有蜘蛛网的地方，一手轻轻摇动手摇柄，蜘蛛网扫头通过内伸缩管转动，蜘蛛网就会被转动的蜘蛛网扫头卷起来，进而旋转式清扫，再脏的地方也能一扫而净，非常实用。根据

在2013年广西青少年科技创新大赛上，青尚龙同学向观摩领导介绍多功能高处清扫器

在第28届全国青少年科技创新大赛上，青尚龙同学向参观者介绍多功能高处清扫器

需要,可以更换不同样式的清扫头来清扫窗户玻璃、光管、墙壁上的灰尘等。

继续努力实现"科技梦"

在蒙老师的鼓励下,我带着多功能高处清扫器参加了广西青少年科技创新大赛,又荣获了一等奖。我的另一件作品"植物保护机器虫"科幻画也荣获一等奖,并且两件作品均获得代表广西参加第28届全国青少年科技创新大赛的资格。这次参赛获奖的经历让我尝到了科技创新的甜头,也让我对未来更有信心。

走上科技创新的道路后,我认为,发明创造并没有自己想象中的那么难,但也不是那么简单。我最崇拜发明大王爱迪生,他发明了很多实用的东西,改变了大家的生活状态。我的科技创新路才开始,在以后的日子里,我要努力学习科学文化知识,继续创新,实现更大更高更美好的"科技梦"。

专家点评 ZHUANJIA DIANPING

发明创造和科技创新不像其他活动(如艺术),可以短期内呈现出效果。发明创造、科技创新要有一个过程,有时一年甚至两年三年都不一定会有创新成果出来,但通过发明创造和科技创新活动对培养青少年学生的创新意识、创新精神、创新能力、实践能力、拓宽思维与视野都是非常有益的。

青尚龙同学从小就是一个"执著少年",他信奉"相信自己,发明创造就会成功在望"的格言。所以,在发明创造之路上,虽然连续好几年没有获得创新大赛的一等奖,但青尚龙同学总是相信自己,只要有坚持不懈的信念,总会有成功拿大奖的一天。青尚龙同学的创新历程再次验证了"成功来自坚持不懈的努力"。

全国模范教师:蒙科祺

兴趣让我爱上科技创新

谭清倩 女
重庆市丰都县第三中学
初中二年级学生

科技源于兴趣,只要我们执著于细心观察生活,一定会有所收获。

——题记

我是丰都县第三中学初中二年级的一名学生,名叫谭清倩,现龄14岁。在班集体里担任副班长职务,也是学校学生科技部主要成员。我是个爱动脑思考,又爱动手制作的学生。从小到大,喜欢折纸玩具、画科幻画、装车模、做航模、搞发明。我相信,生活中的点点滴滴皆可成发明,只要勤于观察,勤于思考,都可搞出发明创造。

父亲鼓励我多观察,发现问题

我爸爸是一个科技方面的爱好者,不时会带回家许多参赛作品,还经常参加比赛获得很多奖状。看到爸爸拿着奖状和专利证书回到家里总是很自豪的样子,我觉得爸爸是那么的伟大。经常看爸爸带回家的东西,于是我也很好奇,也很想做出一个属于自己的发明。于是我开始对爸爸提问:"这个是怎么做成的?有什么作用?"从小学五年级起总喜欢问科学老师"为什么"之类的问题。每当看到爸爸带领参加比赛的学生一个个都得了奖,我也很羡慕,也想自己做个作品能得到奖项。爸爸告诉我"自己多观察、多动手,科技发明并不难,把生活中发现的问题告诉老师、同学一起分享,你一定会有收获"。于是我平时就注意仔细观察,渐渐地对科技产生了极大的兴趣,一有活动就主动要求参加比赛,爸爸总鼓励我大胆参加。于是我大胆地参加学校、县里组织的各种比赛,取得了很好的成绩。

对于科技创新之路的发现,是在2012年,回想起那一年,感慨非常多,属于我的科技之路在此萌发。

那一年,我们学校算得上是一个"幸运儿",幸运地被重庆大学选派去参加一个关于"科技创新"的会议,正是因为这个会议,坚定了我的科技创新之梦。当时看到重庆大学的科技实验室里有许多我从未见过的科学用具,什么天文望远镜、红外线检测仪……我有疑问就向当时任教重庆大学的倪萍教授提出,她都悉心地向我介绍,并且给予我们学校科技方面的支持。从此之后,我的科技创新之路便一发不可收拾。生活中只要有了灵感,我就用一个小本子记录下来,都说积少成多,我看科技发明也是这样的。在我们学校的重视和大力支持下,我们学校创立了一个科技部,我荣幸地成为其中主要的一员。

细心观察，灵感促成创新

去年暑假时，我和弟弟到小区的坝子里去玩，院子里有运来的一堆装修房子的河沙，有许多孩子都在那里玩，于是我弟弟也过去玩，我跟着弟弟过去了。那些小孩子用沙捏成球状，在沙堆中比赛，因为做沙球的过程需要水，所以我弟弟就装了一杯水来，可是在他捏球时不小心用手碰倒了水杯，水杯中的水都流到了车下面的一小块沙堆上，我走过去看了看，发现一个奇怪的现象——水从一小块沙堆的表面流到旁边又渗透到了沙子里。我感到很好奇，就仔细进行观察，那小块沙堆上面的水并没有完全渗进沙里，沙的表面有车辆机油之类的东西！

于是我就把这一重大发现告诉了爸爸和科技老师，想发明一种防水材料。回到家后，我查阅大量资料，买来原料进行配制，但试验的过程遇到了很多困难，远没有想象的那么简单。爸爸还带着我到重庆大学请教一些教授专家，提出了许多现行市场上防水材料的主要问题，比如如何解决原料挥发？如何解决制作流程复杂的问题？如何解决无毒害的问题？等等。

我还到防水材料厂实地了解，经过无数次试验和反复制作，买来传统的防水沥青、防水胶等进行比较研究。经历无数次请教，进行了上百遍的搭配和组合，在家里的顶楼不停地进行炼制原材料的试验，又与原始主材料河沙融合搅拌，终于研制成了一种新型防腐防水材料。在今年的第28届丰都县青少年科技大赛中一举夺得全县一等奖，被选送到重庆市参加比赛也受到专家高度关注和赞同，并被评为市级一等奖。后来经过在六七月酷热天气里的楼顶试验，参加了全国第28届"青少年科技创新大

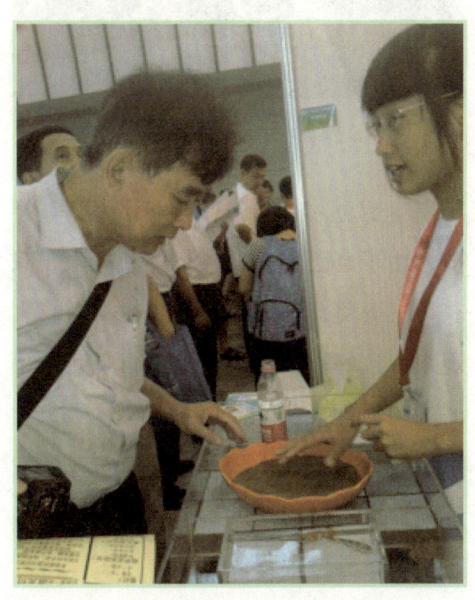

参加全国第28届科技创新大赛现场图片

某次科创大赛的颁奖仪式场景

全国28届科技创新大赛现场图片

赛",经过技能测试、封闭答辩等环节,由于自己知识及参赛经验有限,只获得三等奖,但该项目受到专家及广大观众一致好评,均认为该项目是防水领域的一项重大革新,很多商家、专家表示了极大的兴趣。随着人类建筑业的发展,对现有砖混房屋楼顶防水的要求越来越高,方便适用、低成本、无毒害等是用户的必然追求。本项目必将能解决以上问题,为防水材料领域做出贡献。

在这次大赛中,我第一次感受到了科技带来的欣喜,以及参加大赛时那种紧张的氛围。呵呵,说到这儿,我忍不住发笑,因为这是我第一次参加全国性比赛活动,看到专家来询问我时,竟说不出话来,满脸通红,明显有些紧张,有些关键点也被专家三言两语问得语无伦次。正是因为这样的经历,让我在如今的学生生活中,变得更热情、更阳光、更出众。真看不出来参加这样的科技大赛活动,不仅能培养我的动手能力,增长了对知识的渴望与需求,还能让我的人际交往能力得以提高。

知识是学习和积累起来的,也是没有止境的。好习惯是在生活、学习中慢慢养成的。在创新发明的过程中我学到了许多课堂上学不到的知识,更在实践中应用和巩固了许多在课堂上学到的知识。在今后的学习中我会更加努力地学好各科知识,勤于实践,争取获得更好的成绩,取得更大的进步。

专家点评 ZHUANJIA DIANPING

　　谭清倩是丰都县第三中学学生，其发明作品《一种新型防腐防水材料》通过层层选拔参加全国第28届青少年科技创新大赛获奖，提名重庆市第九届青少年科技市长奖，并获得了第九届青少年科技创新奖。该作品灵感来源于生活，发现于生活细节，体现了该生细微的观察能力，敏捷的思维能力，独立的思考力。在作品的探索研究过程中，该生在老师指导下，反复实验，经历失败却永不放弃，极具科技创新能力和探究精神。

　　该生是一名具有强烈的时代精神和社会责任感的人，相信在未来的学习生活中，谭清倩同学能够继续努力，勇攀知识高峰，通过自身奋斗，书写自己辉煌的明天！

丰都县第三中学校长：周建国

科技与美学的完美融合

张兴武 男
银川外国语实验学校
初三（2）班学生

　　黄金分割线段比例尺，一把结合了黄金分割线段比例和相似三角形边之比一定性质的神奇尺子，做到了把黄金分割比例送给大众，送给生活，将一个无法进行代数求值的比例长度推广到了任意线段中，它将科技与美学结合到一起，打造了一个科技创新的新成果。

——题记

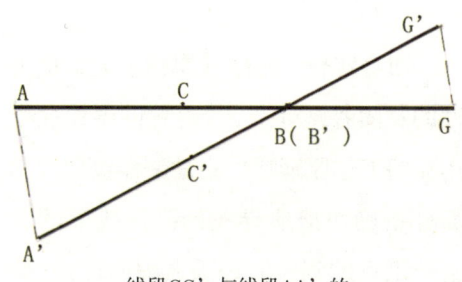

线段GG'与线段AA'的
比例关系是黄金分割比例

夜深了,作业写完后,我翻开了数学书,开始了一天最后的复习活动,我猜想应是那一页被翻得太多次了,书页自动地飘到了"黄金分割"这一章,望着这个古老的美学定义,我想到了那个美丽夏天、那场难忘的大赛,还有那把融合了科技与美学的"尺子"……

公元2012年8月13日的那个中午,我带着作品、展板还有满腔的热血,来到了宁夏国际会展中心,参加一个我从未听说却又令人心驰神往的比赛——全国青少年科技创新大赛,这里集结了国家未来科技创新的英才、汇聚了科教兴国战略真正的实施者。有来自北京的师哥,带着他对CPI权重变化的分析和走势预测;有来自上海的学姐,她刚刚完成了对蚂蚁筑巢及其在巢穴内行为的初步探究;还有来自黑龙江的同学,他做了对汽车尾气PM2.5过滤器的检测试验,满怀信心地冲入了大赛现场;在生物化学领域颇有研究的香港青少年,也来到了我们宁夏,参加这一科研盛会,而我呢?

黄金分割比例是一种数学上的比例关系,具有严格的比例性、艺术性、和谐性,蕴藏着丰富的美学价值。古希腊数学家研究认为,如果符合这一比例的话,就会显得更美、更好看、更协调。正因为它在绘画、雕塑、音乐、建筑、文艺和科技实验中有着广泛而重要的应用,所以人们才称它为"黄金分割"。

基于对黄金分割段和相似比性质进行的融合,我制造了一把神奇的"尺子",一把可以将所见的已知线段的黄金分割点用最简单、最快捷的方式精准地找到,省去了数学老师脑海中定型的"直角三角形法"的黄金分割点求法,更避免了工程师对线段简单、粗略的"0.618"处理方法。作为教学工具,此尺子可用作数学老师的教学器材;作为工具,可用于数学、美术、绘图、工艺设计、建筑规划、科技研究等领域,绝对不逊于其他省市那些令人咋舌的创新研究!

回身转想，思绪又飘到了大赛最关键的封闭答辩环节，"为我讲讲你这个作品的工作原理吧！它是怎样像你说的那样精确快捷地寻找到已知线段的黄金分割点的呢？"评委老师问道。"好的，老师。我的作品是通过把两根可绕定点旋转的硬棒在黄金分割点上进行固定，从而形成了具有黄金分割比例的两个'X'形相似三角形，由于它比例的确定性，我将其中两条较长边作为已知线段，则较短边长度即为黄金分割线段长度，由此可以精确地测出该线段的黄金分割点。"

"你认为自己的作品有什么过人之处呢？"评委老师抛出了另一个问题。"自古以来，人们认为科技与美学的融合，就是将那些高科技的产品设计出一个符合美学理论和当代社会审美观的简单外形，这算是融合吗？当然不算，只是简单地把这两样'包'在了一起而已，而我的作品，是一项真正的科技与美学的融合，它运用数学、科技的手段，克服美学设计困难，将古希腊传承

认真做好尺寸的度量工作

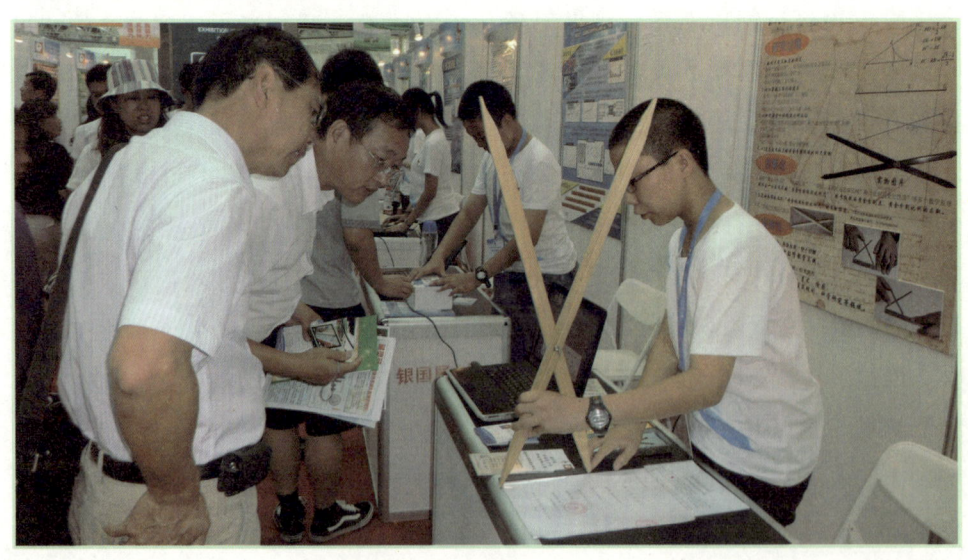

在科创活动大会上演示自己的发明成果

至今的'黄金分割'美学理论送给大众去使用,不论男女老少,不论是在照相、绘画还是书法领域,都可以用我的发明作品轻松地找到黄金分割点,做出古人所设想的完美构图。"我一气呵成地答道。"那你认为,你的做法对传统的黄金分割寻找法有什么延续或提高吗?"答辩评委展开了第三轮轰击,我说:"黄金分割点对于任何线段来说都是准确存在的,但是由于其数值具有无理数性质,因此,若想要真正准确地找到黄金分割点,只有使用传统的尺规作图,定点寻找直角三角形的边比关系才可以。而我的作品,是一个可以真正地准确找到黄金分割点的工具,它利用几何方法,巧妙地避开了之前简单算法的局限性,又是一个尺规作图的一劳永逸方法,这不是对传统方法最好的提升吗?"评委老师点点头,笑着说:"孩子,不错。"于是我顺利地通过了评委老师们的提问。

最难的答辩已经结束,"西天取经"之路已然闯过了一大半,接下来的事情,就是开动你的智慧和口才,吸引八方来客对你的作品进行充分的鉴赏和评论,以达到改进、提高的目的,这样可以促进该作品尽快投入到生产及生活中,为百姓的简便生产生活作出贡献。

转念梦醒,两年前的思绪被11点的闹钟拽回到现实,低头凝视这古老而神秘的美学研究,望着这神秘的无限不循环数,想想面向大众的这项创新成果,我将科技手段和美学思想结合在一起,由具有几何意义的一个点推广到了实际生活中,心中不免生出了几丝"荡漾"

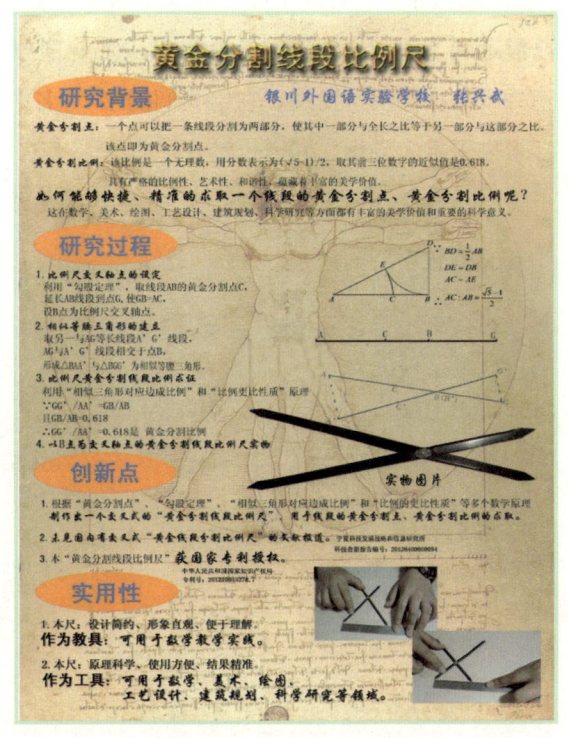

有关黄金分割比例尺的原理图解

之感。如今，我的作品已经成功地投入到试用阶段，诸如家中的家具位置，照相的构图和景物规划都在高频率地使用我的黄金分割线段比例尺，它使我们的生活充满了严谨、令人赏心悦目的数学之美。

一个伟人说过：科学技术是第一生产力。它是推动经济发展最重要的因素，如今的国际竞争，就是以科技为抓手的综合国力的竞争，而科技创新是科技活动中最活跃的因素，它推动了社会的发展，提升了综合国力，早已渗透到了生产和生活的各个领域，促使并推动社会快速发展。它给我们的生活带来了重大变化，同样也给我们带来了美的享受。

望着身边随处可见的美学工艺设计和充满了科技智慧结晶的生活用品，我突然明白了：鼓励青少年科技创新的意义绝不仅仅只是局限于发明一个能够让人们生产生活变得更简便或者让人们获得更有意义的精神体验，还在于它为我们这些90后、00后的学生们，创造一个更有意义、更有价值的动手和思考创新的契机。

我有幸参与了青少年科技创新活动，这大大提高了我的创新能力、思考能力、动手能力，同时也体会到科技与美学完美融合给我带来的快乐。作为一名中国青少年，肩负着实现中国梦的责任，我将通过科技创新来为中国梦的实现做出自己的努力。

专家点评 ZHUANJIA DIANPING

张兴武同学在学到"黄金分割线段比例"这一美学知识点的时候，得知黄金分割线段比例来源于勾股定理，即通过勾股定理可以求证到黄金分割线段比例，利用两个相似等腰三角形两腰长的比与两底边长的比相等这一数学原理，制作了一个"黄金分割线段比例尺"。这个"比例尺"能够迅速便捷地找到任意一条线段的黄金分割点，即黄金分割比例。此尺可以应用于美术、绘图、工艺制造、建筑设计、科学试验等方面。

该学生利用勾股定理、黄金分割点、相似等腰三角形比例这三个所学过的知识点进行集成，形成了一个数学的内在逻辑关系，该创新成果将数学与美学相关知识点进行了有机融合，获得国家专利授权，具有一定的实际应用价值。

宁夏银川一中高级教师：孙廷

一路奔跑，追梦……

卢思睿
浙江省宁波市北仑区东海实验学校
初中二年级学生

在追梦的道路上，必然会有遇到风雨、踩到泥泞的时候。只要我们不轻言放弃，不轻易认输，勇敢向前奔跑，就一定能欣赏到雨后彩虹的绚烂和美好！

——题记

"我们要去德国了！"2012年5月的一天，学校的机器人训练基地简直要沸腾了，孩子们都在兴奋地大喊大叫。是啊，对于智能机器人选手来说，还有什么比参加世锦赛更令人期待的呢？

"你们不要高兴得太早了！6月初就要正式比赛，时间很紧张。这个月，我们要好好改进一下我们的设计，还有课题任务，要确保成功！还有，因为还有另外的比赛要参加，所以这一次的任务，你们要自己独立完成。"康老师"近乎残忍"地给这群兴奋的孩子泼了一瓢冷水，然后马上开始分配新任务。作为团队的主力，卢思睿的任务毫无疑问又是最繁重的——除了和搭档合作编写一段程序，她还要修改机器人的结构，以及负责现场比赛的技术答辩环节。

参加2012德国世锦赛1

参加2012德国世锦赛2

之后的半个多月里，每天中午，孩子们都把自己"埋"在了程序语言和机器人配件中。有些队员围着操作台一次次测试，有些队员开始排练由课题论文改编而成的小短剧。卢思睿呢？只见她躲在教室一角，一会儿敲击键盘，一会儿和搭档激烈地争论，一会儿又紧锁眉头盯着电脑屏幕出神……唉，也真是难为她了。本来就没有专门学过编程，顶多算"半路出家"，怎么可能指望她在这么短的时间里，完全理解这些字符，然后修改出一段专业的程序呢？要知道，这段程序的内容中还涉及了三角函数甚至是一些高数内容呢，对于这个刚读完六年级、连初中生都算不上的人来说，简直就是在看"天书"！时间如此紧，任务如此重，如果不能按时完成程序的编写，势必影响到大家下一步的训练。等技术层面、操作层面的训练全部完成后，还得抽时间"恶补"英语口语，以应对现场答辩和采访！照这个速度下去，肯定会影响到比赛的！她能按时完成任务吗？还是会放弃努力，去向老师求助呢？——不！以她的性格，肯定不会放弃的！

参加2012德国世锦赛3

2012德国世锦赛合影

记得她四年级时就被选入了学校的机器人社团，那时社团也才刚起步不久，一切都还没有走上正轨，可是他们只有不到两个月的时间，就要参加区里的比赛了！正式比赛那天，按照规定，教练员是不能进入比赛场地的，第一次独自进场参赛的队员们都很紧张，卢思睿也不例外。一个简单的检查设备环节，她也迟疑了好一会儿，似乎检查好这个就想不起来另一个了。前几轮比赛下来，不出所料，东海的成绩快要垫底了，队员们都很沮丧，他们已经准备好接受失败的结局了。在这个关键时刻，卢思睿同学却开始发挥了，她表现出了良好的临场心态和敏锐的判断力，带着队员们沉着应战、紧追对手，十分艰难地拿到了一个名次。对她来说，对这个社团来说，这个"第一次"也许不够完美，却是一笔非常宝贵的财富。到2012

2013年7月6日参加澳大利亚悉尼市麦考瑞大学FLL颁奖典礼期间留影

年的4月,这群五六年级的孩子们代表浙江省参加全国公开赛时,她已经能独当一面,掌控场上局面,并且和搭档十分默契地合作。当得知获得了全国第一名时,孩子们的激动之情自然无以言表,不仅是因为他们拿到了参加世锦赛的入场券,更因为那两年多的努力,那么多的汗水和泪水,终于有了一个巨大的回报。成功、失败、笑声、掌声、泪水、痛苦……他们都已经历过,怎么会在这个时候因为一段小小的程序而止步呢?不!绝不会!

果然,她没有辜负大家的期待,按时完成了程序编写。当队员们小心翼翼地将编写好的程序输入机器人,然后看着它沿着既定路径和方式前进时,大家都欢呼雀跃起来,思睿的眼睛中分明有隐隐的泪花闪现。6月初,队员们在老师的带领下顺利到达德国,满怀新奇与喜悦踏入了比赛场地。和各国的选手们交流、布置场地、调试、准备,经过一天的准备和预热后,比赛的重头戏终于到来了!思睿双手拿满了设备,和搭档一起稳稳地走上了赛台。裁判正在调动着现场的气氛,来自各个国家的拉拉队都在大声地呐喊加油,观众席上满满

参加机器人训练

的都是人，这应该是孩子们有史以来经历过的最大规模的比赛场面了。但是现在这一切都不重要了，两位选手不慌不忙，表情自然地低声交流几句，又把目光集中到了机器人身上。随着裁判一声令下，他们俩的手快速地动作起来，娴熟无比，眼睛却始终紧盯着运行中的机器人。身后有呐喊，周围有挥舞着的手，身边的场地里还有对手在操作，他们都无暇顾及，似乎在他们眼中，整个世界就只剩下他们俩和机器人了。他们就像在手术台上做手术的外科专家，沉稳冷静，有条不紊，这个时候即使是天塌下来，也不能让他们分神吧？2分30秒的时间很短，却又出奇的漫长，当铃声再次响起时，他们不约而同地停下了手中的动作，眼睛转向正在计算得分的裁判，又自己核算了一遍，然后签名、整理设备、走下赛台。此时的他们，脸上略显疲惫，似乎被刚才那倾注了全身心力量的2分30秒累得有些虚脱，但眼中却写满了兴奋和喜悦。很快，第二轮比赛又开始了……经过了四五轮的激烈比拼，他们代表中国取得了世锦赛金奖（第四名）的好成绩！就像是一个准备了很久的学生，终于在一次大考中取得了好成绩；就像是一位训练了很久的运动员，终于在赛场上摘取到了一个冠军；就像她小时候学习了好些年电子琴，终于拿到了最后的十级考级证书……所有经历过这些的人一定会懂，那是一种多么大的成就感！

2012年的德国世锦赛，仅仅是她机器人生涯中参加的比赛之一，却是她永远不会忘记的一次经历。她深深知道，在没有完全尽力之前，永远不要轻言放弃，更不要轻易地自我否定，而要始终认定——我能行，我要去做！只有这样，才能离真正的成功越来越近，也才能拥有最大的成就感和幸福感。科学创新的道路没有尽头，人们努力的脚步也永远不会停下！

专家点评 ZHUANJIA DIANPING

卢思睿同学是一位品学兼优、能力突出、全面发展的优秀学生。她热爱学习、乐于探究，富有创新精神，也有很强的实践能力和组织协调能力。

从小学到初中，她年年都被评为校级或区级的"优秀学生干部"、"三好学生"。她学习勤奋，成绩优异，每学期都获得学校的奖学金，曾代表学校赴美国进行文化交流。

她是学校机器人社团的核心成员，多次和伙伴们一起参加省、国家级FLL机器人工程挑战赛，并获得一等奖。2012年、2013年两次代表中国参加FLL世锦赛，均获金奖，为国争光，在科技创新领域表现出了较大的潜力。

2014年8月，她荣获第九届中国青少年科技创新奖，并在北京人民大会堂接受了国家领导人的亲切接见。

浙江省教育厅教研室小学部主任：滕春友

高 中

有信念才有未来，有动力才能前进

高中组

第九届中国青少年科技创新"梦之队"成员精彩故事入选名单

科学,请与我携手——吕仲浩
(北京师范大学天津附属中学高中三年级)

坚定信念,勇攀科技创新的高峰——陈　赫(满族)
(吉林省东丰县第三中学高中二年级)

因为创新,所以翱翔——朱润箐
(安徽省合肥市第一中学高中一年级)

"新"的天地——周子惟
(湖南省株洲市第二中学高中三年级)

我爱发明——孙玮泽
(陕西省西安高新第一中学高中一年级)

人类的进步需求是创新的根本动力——马海碧(女,回族)
(新疆生产建设兵团第二中学高中一年级)

我在创新中不断成长——谭知微
(澳门特别行政区培正中学高中三年级)

创新给了我腾飞的翅膀——杨　鹏(回族)
(辽宁省本溪市第一中学高中二年级)

我爱发明——解欣艺
(黑龙江省哈尔滨市第六中学高中二年级)

同呼吸,共奋斗——吴少哲
(河南省平顶山市第一中学高中二年级)

科学，请与我携手

吕仲浩 男
北京师范大学天津附属中学
高中三年级学生

科学：始终贯彻着自然的真理，引领我们人类进步；科学：拉着我们人类前行，让我们在混乱中不丧失前进的方向；科学：放飞我们人类的梦想，引领我们人类走向成功！

——题记

转眼间，桃花又开了，开得令人如醉如痴。回首往事，多少风吹雨打、激流碰撞都被我一次次挡开，在这艰难困苦的时光，苦战的时光，我从容不迫。翻开书，你看！科学仿佛一位亲友，时刻在我身边，与我携手，步入心田。

我从事科技创新至今刚好满一周年，记得那一年，也正是像现在这样开着桃花，我怀着憧憬而又忐忑的心情，迈进了科技馆的大门，当这一步实实地踏在地上时，我坚定地踏入了科学殿堂。满腔热情犹如脱缰野马从我的心中迸发，迅速蔓延到了四肢。听老师讲，科技就是要有个"钻"劲！也正因此，我便一直走在学校科技研究的前沿！想到这些，我不由得有了对科学的爱慕，与其说爱慕更不如说是憧憬，一种复杂而又愉悦的心理。进入到科技馆内，我更是大开眼界，往日"小孩子的乐园"转眼间变成了"专家、教授齐聚首和学生交流的圣地"，我那时候便明白了，在科技的前沿，在我们今后迈向它的路途中正需要这些巨人们的引领，我大步地走向自己的展位，仿佛一个士兵伫立着，专家们走近了，越来越近，越来越近。

这是我第一次与科学携手，虽然是第一次，但是我还是紧握着。

自从那天在科技馆比完赛之后，科学就成了我家的话题之一，比起以前，我更是开朗了许多，我渴望着可以明白更多、了解更多的知识。一个个专家的指导，一个个有力的提议在我耳畔萦绕。我回忆着，生怕丢了些什么；我仔细思索着，改变着，提升着。

结果下来了，我被评上了一等奖，家中上下洋溢着欢笑声，村子里的大爷大娘向我祝贺，几十年了，村内几乎没有一人得到过这种奖项。虽然开心，但是这并不只是荣誉，这更像一个资格证书——我可以和科学携手的资格证书，这是一份责任。我紧紧地攥着我的证书，感觉沉甸甸的，给我的不是压抑，而是一种轻松，一种格外的轻松，我感到自己的努力没有白费。我在路上——一条洒满光辉、劳累和汗水的路上奔跑着。我没有走错这条路，这条由科学巨人们铺成的路——我在科学的双手指引下，终于走上了那条很多人无缘走上的科学路，科学继续与我牵手！

此后，我便全身投入到我的学习和科技发明中。我的举动，让父母感到压力格外地大，生怕我因为过分努力而变得身体虚弱。在和科学共同携手的这段日子里，我一直没有感觉到劳累，或许这就是兴奋。其实我很同意一个观点：科学是条"不归路"。因为它没有捷径，更没有终点，人类就是在这条路上不停地行进，不断地进步。我有幸没有找错路。与其说找，不如说是科学这双大手牵着我这个懵懂的科学婴儿走对了路！我深刻地知道没有任何一个科学家是因为些许劳累就退缩的，除了1%的天分外，那99%的汗水——正是我和科学携手共进的证明。

转眼间，夏日聒噪的蝉鸣已随处可闻，我又再次进入到ROBO-ONE与全国第28届科技创新大赛的比赛征途中。在去往南京的路上，我托着腮沉思着，并不是为比赛、为获奖而发愁——而是为我心中伟大的梦：牵寻那科学的手，走得更深、更远。

与南大教授和其他英才计划生共同学习

终于，短暂的15天过后，我又分别获得了一些奖项（ROBO-ONE一等奖、二等奖，以及第28届全国科技创新大赛二等奖）。时间飞逝，短暂的15天，一个又一个故事，一个又一个人物，在这里，我见到了那些和我有相同爱好的"知音"——同为走在科学道路上的孩子，我们互相切磋、互相帮助，共同交流、共同进步。我那时候做了一次代表——天津队的队长，我见到了更多的科学巨人们——也曾经和我们一样是科学孩子的科学巨人们！牵着科学的手，昂着头大步地走着，高挥科学的旗帜。我骄傲，作为天津队的旗手，我手中挥舞着旗帜——那正代表着我等青少年腾飞起来的梦想，那与科技携手的力量，即将腾飞的中国梦！

秋日，我参加了首次全国英才计划天津分区的选拔，成功地当上了全国英才计划的一分子，身上的这份责任变得更为深沉。我的精神，比起以前少了一份稚嫩，多了一份刚强，这份刚强正是科学带给我的标志，更像是一份烙印深深地烙在了我的心上，无论走到哪里，我都会带着它。坐在南开大学的树下，不由得为刚刚的思绪而慨叹："科技，给我一颗心，圆我一份梦，牵一牵科技的双手，将转动整个地球。"

在跟南开大学刘教授学习期间，我接触到了许许多多的新鲜事，Android与机器人，猛然间我开始明白了世界的偌大，牛顿曾说过："在我们面前是一片尚未发现的真理的大海"，未知领域在等待着我们。想起这些，我不由得猛然一震——科学的路，我走了可能连百分之一都不到，但是我咬咬牙坚持了下来！今后的科学路，将由我们来探索！今后的我们将与科技携手，重新起航。

2014年，在英才计划的带领下，我成功见到了中国图灵奖的第一人——姚期智教授。他是中国图灵之路的缔造者，一个与科技携手走在世界前端的华人！我在他的座谈会上学到了很多关于前沿科技——量子方面的知识，他告诉我们："学习读书，脚踏实地，携手科技，胸怀天下！"

科学：始终贯彻着自然的真理，引领我们人类进步；科学：拉着我们人类前行，让我们在混乱中不丧失前进的方向；科学：放飞我们人类的梦想，引领我们人类走向成功！我从一个无知的科学幼儿到如今成长成了一个科学少年，在科学的时间轴上，我在成长着，我也在为了这终生的目标学习着，努力地汲取着。说到底,这一切都源于一件事——和科学共同携手。古往今来,多少科学巨人的成功都依赖于科学的引领,对一个科学问题的追根溯源。有多少个科学奇异现象,现在仍旧在引领我们人类探索发现?有多少个科学的革命在促使我们人类社会不断进步和发展?科学的手在牵着我们人类——我们这群科学婴儿、儿童、少年乃至巨人们。科学的路是没有止境的,既然我走上了这条路,就再也没有打算回头过,正如我前文所说,科学的路是一条"不归路"。在这条路上,我们需要的不仅仅是勇气、毅力——这些我们所能想到的人类的优秀素质,我们还需要一盏明灯——科学的双手,牵引着我们,不使我们在这无尽的长路上丢失方向,不在这无尽的路上被困难挫败。科学的双手,引路的明灯——请与我继续携手!

探索固然重要,但更重要的是,追寻科技的人们是否能明白与科技携手的真正意义。让我们拭目以待。或许将在我们与科技的共同携手下,中华的光辉荣耀将再次点亮世界。

吕仲浩接受采访,畅谈姚教授给予的科学启示

专家点评 ZHUANJIA DIANPING

　　了解了吕仲浩同学的科学探索之路后,我感受到强烈的震动。通过文中点点滴滴的研究记录,我能深刻地感受到他对科学的热爱,对未来充满希望和向祖国贡献自己力量的坚定意志。该生的班主任丁威老师这样评价他:"作为一个中学生,他孜孜不倦地探索,积极地问问题,无论是在知识学习上还是在科技项目设计上,他通过自己的探索,努力把自己的科技发明应用到现实生活中。"在我看来,也许这种不屈不挠的意志可能就是吕仲浩同学源源不断的前进动力吧!乔汇荟老师作为指导教师也深有感触地赞叹道:"他善于捕捉生活中的细小问题,并由此提出新的解决方案。"或许正如吕仲浩所言:"或许将在我们与科技的共同携手下,新中华的光辉荣耀将再次点亮世界"。

北京师范大学天津附属中学高级教师:姜　腾

坚定信念，勇攀科技创新的高峰

陈赫　男
吉林省东丰县第三中学
高二年级学生

　　我的存在就是为了改变世界，不怕失败，坚定信念，从头再来，勇攀高峰。

——题记

我叫陈赫，是东丰县第三中学的高二学生，担任校学生会主席的工作。我出生在一个普通家庭，儿时多年的托儿所生活，使我养成了独立、坚强的性格。母亲的教育使我成长为一个非常懂事的孩子。并在这样的生活环境中，我对科技发明产生了浓厚的兴趣。邓小平爷爷说过，"科学技术是第一生产力"，这句话深深地影响着我，我常常利用课余时间在家中进行发明创造。

东丰是一个小县城，这里没有科技馆，没有实验室，没有丰富的实验材料，但我热衷于科创，所以我克服了种种困难，努力着，体验着，创造着，不断地为我的科创之路铺上基石。我在这条道路上坚实地前行，只为改变我们的生活。

故事一：初出茅庐

小时候，稚嫩的我对身边的任何事物都充满了好奇。但对我来说，真正的科创发明是从雨伞架开始的。

雨伞是我们遮挡雨水的重要工具，可是回到家后雨伞上的水会淌满地，而且撑开晾干，会占用室内很大空间，给生活带来了不便，我便决定发明一个环保雨伞架。

业余时间，我在网上调查了一些新型的雨伞架，这些设计都很单一，单纯地挂伞很容易就能做到，但雨伞上的水该怎样解决呢？我想如果能把伞上的存水集中起来就可以解决很大的麻烦。我还设想利用收集起来的雨水浇灌花草，这样雨伞架放在室内就不会单调，雨伞流下来的水还不会浪费，既方便又环保。设计思路定下来后，我开始寻找材料开始创作，经过我一次次的制作，一次次的失败，一次次的改进，一个小小的雨伞架终于制作成功，它从最初的设计到制作完成，足足用去了半年的时间。

2011年4月我终于等来了激动人心的日子，我怀着忐忑的心情带着作品参加吉林省科创比赛。第一次参加这么大型的活动，难免有一些胆怯和紧张。我坐立不安，不知道我的发明创作的命运如何，我处处小心谨慎，不敢有丝毫的怠慢。我不敢向专家评委介绍我的发明。我的带队老师聊天时嘴上说没事，第一次拿个三等奖也就行了。对我的作品我也不敢抱有太大希望，只知道我紧张得不得了。终于到了公布成绩的时候，只听到评委喊道"陈赫，二等奖"，这很出乎我的意料之外，我高兴坏了，半年的努力没有白费，二等奖给予了我鼓励。直到今天我还为那天的表现而懊恼，如果当时我勇敢一点，自信一点，放松一点，把我的创作理念介绍给评委，或许结果会更好。

陈赫同学的科创成果

故事二：继续前行

经历这么多，我收获了很多经验，比如，不论多大的活动，在必要的时候一定要懂得推销自己，因为若想要成为真正成功的优秀者必须对自己充满信心。

成功更激发了我对科创的热情。我国是一个水资源短缺的国家，在旅行时看见工厂的污水排放污染了河流，昔日清澈的河流变成今日的污水河；有的地方自来水整天流淌无人管，白白浪费掉。对此，我很心疼，于是用Flash做了一个科普动漫《小雨滴历险记》，获得了吉林省优秀奖后，又在全国的科学影像节上获得全国三等奖。我相信，不论做什么都要融入感情，因为只有我们的作品有了感情它才不会显得空洞而充满活力。

故事三：首获大奖

2012年，我发明的消毒鞋柜获得了"吉林省青少年科技创新大赛"一等奖。

2012年4月，我带着我的"消毒鞋柜"来到长春参加"吉林省青少年科技创新大赛"。至今我也没有忘记一些聋哑人在用手语交谈的场景，看到他们介绍自己的成果时很自信的样子，我的内心受到了很大的鼓舞，他们让我感动，使我充满信心。

有时不禁回想起我这一路走来的

陈赫同学获得的奖牌

艰辛。制作消毒鞋柜时我的母亲并不支持，当时我正值初三，即将面临中考，白天去上课，晚上要制作鞋柜，一忙起来从不看时间。母亲怕这些耽误我的学习，非常反对我搞科创，很多次我险些放弃发明。记得有一次在鞋柜的整机机箱做完后开始粘合，但粘合过程中一次又一次的失败，让我的心里不是滋味，我流了泪，我对母亲说："妈妈，我放弃了，但我不忍心，我做的东西就算再好，如果得不到您的支持那我宁可不做。妈妈，我爱它就像我爱您一样，只要您支持，我想我一定会成功的。"母亲被我的这番话打动了，开始支持我的科创活动，帮助我完成科创发明。一想到这里，就觉得不能辜负妈妈。

故事四：信心倍加

信心百倍的我来到科技馆展厅。我热情地向每一个从我身边走过的人介绍我的创作，他们被我的发明吸引了，并给予了很高的评价，我的展台被围得水泄不通。这让我更加有了自信，让我更有勇气展示出自己。功夫不负有心人，最后经过评委决定，我的消毒鞋柜荣获一等奖，同时获得吉林省"省长鼓励奖"。并经评委决定，代表吉林省参加全国青少年科技创新大赛。

2012年8月我赶赴银川参加全国青少年科技创新大赛。在这里我大开眼界，来自全国的中小学代表队齐聚一堂，大家一起体验、快乐、成长。在银川我认识了两个吉林的好朋友，他们问我害怕评委吗？我说："参加多次省赛了，对于评委的问辩我也是身经百战了"。

正式比赛的日子到了，公众开放日会有很多当地的群众来参观，同样也有评委会成员参杂在群众中。刚开始大家都死死地盯在自己的岗位上不敢有丝毫松懈，参赛过程中，我认识了来自日本的四个同学，还有挪威的Jan。我真的很后悔自己没有学好英语，虽然沟通困难，但我很高兴认识了他们。

最令人激动的封闭问辩环节到了，评委们从第一个展位开始走，因为我的展位很远，所以当评委来的时候我发现他们已经筋疲力尽了！评委的这种状态对参赛选手是非常不利的，他们不会听完你所有的项目介绍。在你介绍完你的项目后他们只会夸赞一下，说你的想法很好，很新颖，但是谁都知道，奖项的名额有限，在评比时肯定会不尽如人意。

专项奖颁奖晚会上，我荣获大众科技报专项奖及1200元奖金。在颁奖时每个人的心情都很紧张，听到我的名字时，我激动万分，在上台领奖的时候，我感谢大家给我的鼓励和祝福。

第二天，在颁奖典礼上，我又获得了铜牌，按理我应该很高兴，因为在那么多的参赛选手中我获了奖，但是我不应该满足，我要向着更高的目标前进。颁奖结束了，归途中我一直听着那首《从头再来》：昨天所有的荣誉，已变成遥远的回忆。辛辛苦苦已度过半生，今夜重又走入风雨。我不能随波浮沉，

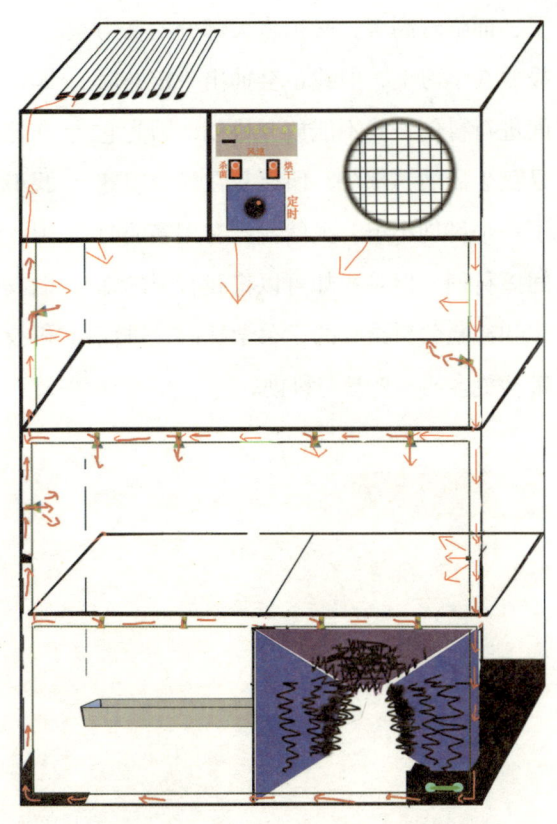

陈赫同学的科创成果图解

为了我至爱的亲人。再苦再难也要坚强，只为那些期待眼神……

故事五：再接再厉

我知道上天总是把机会让给有准备的人。2012年12月，由于在全国科技创新大赛中的突出表现，我获得科技馆发展奖，在人民大会堂参加颁奖典礼。2013年，又荣获国家实用新型专利。

如今我已经是高中二年级的学生

了，面临着高考，必须将大部分的精力投放在学习上，但我也会抽出一定的时间进行科创。我不能放弃科创，因为它是我生命的一部分，所以我在学校组建了一个科创小组。虽然我没有太多的时间搞科创，但是我却可以将我有限的知识和经验分享给我的学弟学妹们，进而带动更多的人来参与科创。

"一花独放不是春，百花齐放春满园。"4年里我从来没有放弃科创，我在这段时间里所积累的经验和创意成为我最宝贵的荣誉，虽然我个人的能力有限，但我会努力去做，并且在我所热爱的发明与创作的道路上越走越远，勇攀科技高峰，造福人类改变世界，这同样

专家点评 ZHUANJIA DIANPING

陈赫同学学习刻苦，态度认真，成绩名列前茅，多次被评为市、县三好学生；他尊敬师长，友爱同学，品德高尚，积极参与志愿服务，被评为省美德少年；作为学生会主席敢于担当，严于律己，胸襟宽广，团结同学，以身作则，甘于奉献；他热爱科研创造，更引领学校科技发明活动，激发同学的创新精神，他积极参加四次省科技创新大赛和国家科学影像节等活动，多次荣获国家、省市大奖；在他的影响下，校园里充满了正能量，不愧是新时代的科技之星，更是我校优秀学生的杰出代表。

吉林省东丰县第三中学校长：林劲松

因为创新，所以翱翔

朱润菁　女
安徽省合肥市第一中学
高一年级学生

在泪水里浸泡过的微笑最灿烂，在跌倒后再攀登的意志最可歌，在科学中探索的过程最畅快！

——题记

当你问"为什么"时,我会梦想那些还未出现的东西,并且会问"为什么不"。把握每一个灵感,那是智慧的曙光,没有任何梦想第一次就能成功,不作假定,执著坚持,这是追梦少年翱翔险峰的豪迈情怀。

实验室里放飞梦想

年少时,我经常在妈妈的实验室里玩耍,看着那些奇形怪状的仪器仪表,目睹那些形色变幻的奇妙景象,科学世界以它强大的魅力吸引着我。一次停电,我陪妈妈到实验室拿东西,手电光扫到桌上,发现一堆闪闪发光的宝贝,第二天一看,原来是薄膜塑料,妈妈告诉我那是反光材料,可用于高速公路、环卫工人、学生书包反光警示,并告诉我要多学科学知识,于是《我们爱科学》《小哥白尼》就成为我童年的最爱,北京、上海等地的科技馆、世博会成了我和父母旅行的首选之地。

科学激发了我的创新潜力,为什么我就不能弄出新奇的东西?于是自己的小小实验室逐渐建起,我不断摆弄电子、机械产品,逐步养成不断发现问题并寻求答案的思维习惯,父母适时教育我"学而不思则罔",鼓励我追寻创新梦想。哈哈!如果从那时算起,我已拥有十多年的追梦经历了。

集中精力进行科创实验活动

朱涧菁同学和自己的科创成果合影

知识敲开梦想大门

爱好自然科学，探索世界奥秘，掌握知识是必不可少的金钥匙。入学后我一直如饥似渴地学习各种知识，成绩在学校始终名列前茅。进入重点初中后，当年就加入了共青团，年年获得学校"特优生"称号。在科技创新社团老师的指导下，我运用学会的知识刻苦钻研和训练，每年参加各类科技创新、机器人比赛等活动，逐渐成为学校机器人社团骨干、社区科普志愿者。在电脑机器人项目上，先后取得全国二等奖1次，安徽省一二三等奖各1次，合肥市一等奖3次的成绩。我喜欢自己动手，享受探索未知奥秘的乐趣。为了发现未知问题，我学会了查阅资料、请教专家，成为老师、同学眼中的科学迷、解决创新问题的小能人。在我的带动下，全班同学的科技创新热情高涨，经常以全校1/50的人数斩获半数以上的创新奖项。

2011年全国机器人创意大赛的主题是"灾害救援"，当时正是玉树地震后不久，我和指导老师、队友商量，为什么不能设计出清障救援机器人来帮助加强救援呢？说干就干，随着研究深入，我发现如果设计一个机器人来完成如此复杂的任务几乎是不可能的，于是便设计出地震灭火、清障救援、转运伤员三个机器人，但无论是灭火机器人的寻迹火源，还是蓝牙无线视频遥控清障救援，不少技术都超出了我们当时掌握的知识，只好在老师指导下，学寻迹、学编程、学遥控，搞清原理、借鉴嫁接、练习操作。比赛开始，点燃火源，灭火机器人如箭一样冲出，车停，转动风扇，火灭。到我了，我小心翼翼地通过视频遥控操作机器人躲避障碍，前路塌方，便启动机器手臂清除碎石；到达震灾现场，启动视频搜寻伤员，发现伤员。我如履薄冰般地操纵着视频定位，操控着机器手臂，一次扶夹成功，缓慢转动，夹住伤员放入救护车，同伴操控车辆转送安全地带，完美完成！这时当我回头看到身边对手的八爪机器人未能完成任务时，突然感到既失望又欣慰，创新免不了失败，但只要坚持就会成功。

从失败中锤炼成长

在2012年的创新大赛上，我提出了"三维LED立体电视构想"，设想通过LED立体点阵来实现立体显示。当时光

和自己的伙伴们一起进行科创活动

栅、多角度投影、多层玻璃立体显示技术方兴未艾,LED显示也在展示、广告中出现,看来通过计算机编程控制实现LED立体显示是有可能实现的。在老师的支持下我开始探索,计算机编程控制没有问题,但LED点阵过稀则无法实现预期效果,而点阵过密却由于LED透明度不高,根本无法解决前后遮挡问题,这成为此项创意的致命难题,最终我无奈地放弃了这个设想。

经历这次失败,我对科技创新有了更深刻的理解——选题确定和开展研究时,需要多方位思考、做好周密准备、关注每一个细节。经历了失败的磨炼、多一份汗水的付出,成功的机率也会不断上升。

在实践中展翅翱翔

7月的一个午后,伴随着火辣的太阳,对面高楼一道闪光映入眼帘,原来那是一个太阳能热水器,我忽然想起前几天报道普通住宅开始使用太阳光发电,灵机一动,为什么不能把太阳能光热都利用起来呢?立即着手调研,从原理的设计,科研的进展,光学、热学等知识的统筹运用,到发现难题就上网查找资料,不懂地方就请教老师;从中科院等离子所、光伏材料所,以及中科大光热研究院,到合工大光伏实验室;从海润、晶澳太阳能电池生产企业,到金太阳、中南光电应用企业,经多方寻求

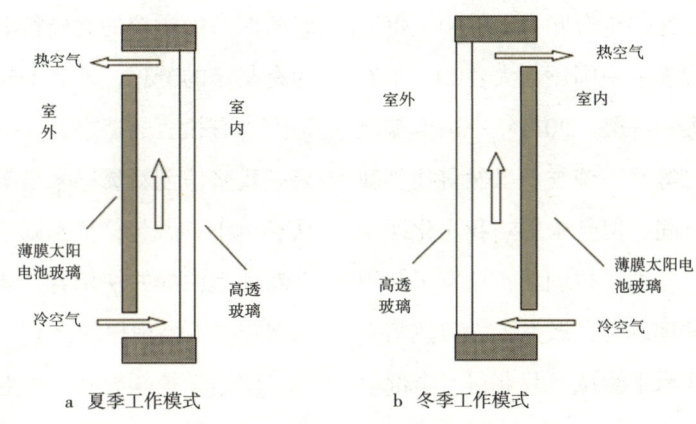

可翻转太阳能双层窗的工作原理图

帮助,终于完成了可翻转光伏光热多功能窗的设计。

接下来,材料选择、场地找寻、数据采集、效果验证,无不历尽艰辛。仅就光伏玻璃选择,既要考虑有较高发电效率又要能透光,选材前后历时近一年。借用中科大实验室试验时,夏天楼顶温度高达摄氏44度,冬天寒风刺裂了双手,一项又一项难题常困扰我许多天,我几次想到放弃,但总是在徘徊不定地执著坚持着,一分耕耘,一分收获,经过努力终于峰回路转,柳暗花明。2013年8月,我的"可翻转太阳能双层窗",代表安徽省参加全国创新大赛。比赛中,由于是个人项目,又是工程产品,既要演示项目,又要回答提问,压力很大。当时,有多位专家对我考评,提问涉及光学、热学、空气动力学、材料效率、经济效益等专业知识,由于事前准备充分、考虑周密,我边演示、边回答,应对自如,最终获得第28届全国青少年科技创新大赛一等奖和高士其奖,并入选Intel美国工程赛冬令营,得到国家实用新型专利授权。同年11月,我作为两名参赛学生之一,被中国科协选派参加斯洛伐克青年科学家大赛。在那里,我结交了许多和我一样怀揣梦想的朋友。一路走来,我经历了许多,收获了更多!感谢创新给我提供了展翅翱翔的人生舞台。

创新路上追寻梦想

创新的征途上,我也不断享受着追梦的喜悦。比如,2013年,合肥市长奖第一名、2013年合肥"十佳中学生"唯一创新代表、中国创新大赛2013年安徽省工程类一等奖、2011年中国电脑机器人大赛二等奖等荣誉。虽然科技创新花了很多时间，但并未影响我文化课学习。相反，参加科技创新，拓宽了知识面，增强了理解力，激发了学习热情。上学期学业水平测试，我获得了全部学科6个A的好成绩！

我爱好创新和探险，现在我正在设计"盲人'公交通'智能拐杖"，还想争取参加学校的北极科考活动。正因为有坚定的梦想，才会不断挑战自我；正因为有执著的追求，才有可能收获硕果。我坚信创新灵感来自辛勤的汗水，从身边小事做起，从基础知识积累，在创新征途中痛并快乐着，才可能用创新的火花去点燃理想的火焰。

感谢学校领导和指导老师！感谢这伟大时代提供的机遇。有梦想，就应全力追求！有奋斗，终将展翅翱翔！实现自己的创新梦、少年梦，只待今朝。

专家点评 ZHUANJIA DIANPING

朱涧箐同学是合肥市第一中学的科技特长生，长期对科技创新有持续、超乎寻常的兴趣和毅力，无论是自己搞创新还是当志愿者服务创新竞赛，都接近痴迷；同时，她意志坚强，做事专注，很能吃苦；她的团队精神好，组织协调能力强。她特别喜欢动手实践类课程，自初中以来，她年年参加各类创新创意大赛，参加机器人制作活动，屡获国家、省级奖励，多次代表中国青少年出国科技交流。

她的创新意识和对科学的热爱，深深地感染着很多老师和同学们。她的发明"可旋转太阳能双层窗"构思巧妙，学以致用，荣获全国一等奖。她有很多奇思妙想，富有创意。朱涧箐同学富有爱心，她完成的"公交通智能拐杖"项目，就是在电视报道残疾人出行的盲道被占用，残疾人行走非常不便之后而萌发的创意。

合肥市第一中学指导老师：方小培

"新"的天地

周子惟
湖南省株洲市第二中学
高中三年级学生

创新,不为破旧立新,而是旧貌换新颜。

——题记

军训完还没几天,校园里原本整齐划一的白色校服,被还没领到校服的高一新生打乱了。

这天我正在教室里打扫卫生,突然有同学跑来告诉我教室外有两位高一的女生在找我。我有些好奇:开学才没几天,新来的高一学生就有人认识我?虽说有些疑惑,但我还是走出教室,见到了那两位女生,一看才发现,其中一个是我儿时的玩伴,怪不得认识我。"是管科技创新的张老师让我们来的。"还没等我发问,她倒是把张老师先"出卖"了,"那肯定是跟创新有关的事情,说吧,什么项目?"我笑着问。"关于火炮,"她身边那个女生开口道,"虽然想法不是很成熟,但我们想对现有的火炮做一个改进。""火炮!"我惊呼道,"你们两个女孩子没事搞什么军事设备啊!"我一直认为自己是个比较"文静"的男生,平时不爱关注军事方面的有关消息,"火炮"这个词从两个女生嘴里蹦出来,着实吓了我一跳。"可是我们确实挺想试试看的,"她们的语气中带着恳求,"况且现在高二年级做创新发明的人中间我们只认识你啊。"唉,毕竟是一起长大的朋友,

下图:看着眼前的成果,心里倍感自豪

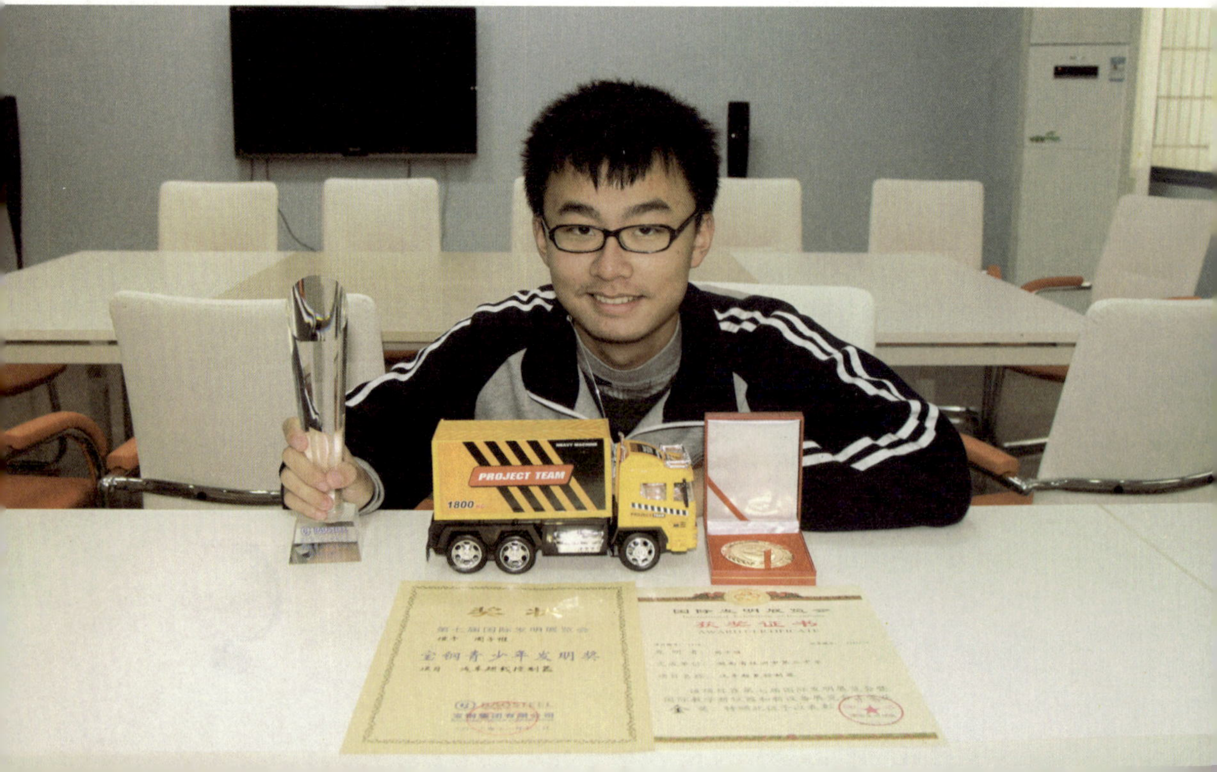

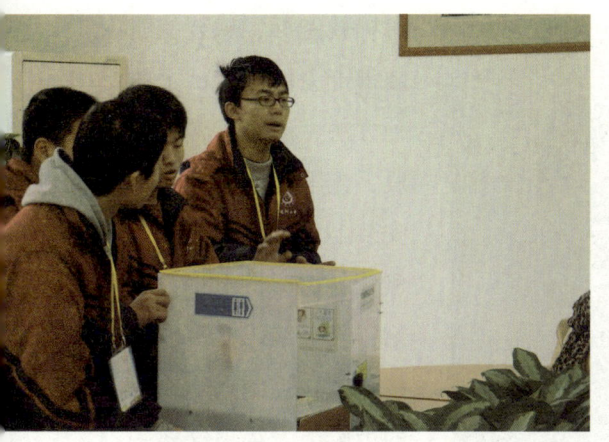
和团队伙伴一起分享科创成果

科创活动要的就是一种认真劲儿

最后,我还是答应了她们的请求:入伙并帮助她们完成课题。

后来我才知道她们两个是在军训中参观了株洲市天元区武装部之后才有了这个大胆的想法,于是在老师的带领下,我们三人再一次来到了株洲市天元区武装部。看了以后才知道,她们所看到的是95式37毫米双管高射炮,保存了将近20年的高射炮竟然完全看不到岁月的痕迹,就好像是刚刚离开生产车间一般。带领我们参观的军官叔叔说,现在年纪稍大一点的军人对这个型号的火炮都很有感情:这种火炮在全国存量很大,和平年代很多士兵都要学习这种火炮的使用技术,演习时也常常用到这种火炮,因此,这种火炮成了许多当过兵的人的一个"美好"回忆。军官叔叔一面跟我们讲着他当年的意气风发,一面言语中又流露出对这种火炮将要被淘汰的无奈。听说我们想要对这种火炮进行改进,军官叔叔十分高兴,还不停地给我们加油:"祖国的明天就靠你们这些'花朵'了!"

在回学校的路上,我们已经迫不及待地展开了讨论:传统火炮的设计确实精巧,甚至精巧得有些难以驾驭,读数用的刻度盘,刻度十分细致,甚至还有一个游标盘,刻度不容易看清,况且,如果不能熟练掌握游标盘读数方法,兴许要拿上纸笔才能把数据算清。可战场上战机转瞬即逝,哪有那么多时间给你算数据啊。经过一番讨论,我们决定从火炮转角的数据测量和数据读取两个角度进行改进。

在展会上向嘉宾讲解科创成果

首先改进数据读取方法。我提出了两种方案：一是用类似于电子手表的数字显示屏；二是用语音播报的方式。想来想去，考虑到现实战场上的各种噪声和语音播报速度较慢，我们决定使用数字显示屏。

但是，要解决转角测量方式，实在是找不出一个比较周全的办法，直到有一天，我看到自己以前的一个作品：数字直读光电编码器。同样是用来测量转角的仪器，同样有细密的刻度和一个游标盘，上次用的改进方法是——光电编码器！我恍然大悟，就因为解决了这个问题，我高兴了好几天。

可接下来新的问题又摆在了眼前：火炮可不是小小的光学测量仪器，不是想拆就能拆，想装就能装得上去的。尝试了各种方法，用尽了各种手段，光电编码器也无法安装上去。在查阅了大量资料后，得出一个结论：光电编码器不能直接安装在控制火炮转角的齿轮上。得出这样一个结论，我们三个仿佛像泄了气的皮球，连前几日想出"光电编码器"时的威风也荡然无存了。

难道没有别的解决办法？是思路问题还是方法有错？"犟驴推着不走，那么牵着会不会走？"灵光一闪，不能装在主齿轮上，就把光电编码器装在发动机上用来带动主齿轮的小齿轮运转，这样也算间接地提高了我们测量角度的精确度啊！真是柳暗花明又一村。事不宜迟，我马上上网购买光电编码器，并联系了一家仿真模型制作厂，让他们帮助我们完成最后的"临门一脚"。

时间刚刚好，模型完成，正好赶上了湖南省的科技创新大赛，而且就在我们学校举行。比赛当天，我们带着自己的作品来到了比赛的展览中心，参观者络绎不绝，本还想得到些赞扬，可没想到却先得到了质疑：现在先进武器多得是，你们这种小的改进有什么特殊意义吗？该淘汰的武器装备早晚是要淘汰的。

比赛结束后，我们想了很多，一方面，我们觉得别人质疑得很有道理，另一方面，我们也不希望自己的梦想、军官叔叔的梦想就这样破灭。

改良后的高射炮也许不能回到战场，但它至少能够发挥一些民用的功能，比如发射人工降雨弹。能够让那些快要被淘汰的东西通过创新变得更加有用一些，这不也是创新的价值体现吗？

创新，有时不仅仅为了破旧立新，也是为了旧貌换新颜。

专家点评 ZHUANJIA DIANPING

男孩子的特性是喜欢车炮舞枪，周子惟以前对军事就非常感兴趣，觉得这是国家力量的象征，平时也喜欢看一些军事类的节目，从中也长了不少见识。周子惟善于在实践中激发创新的想法，然后通过查阅书籍和询问老师，来完成方案设计制作。

从周子惟的研究设计《火炮高低、方向机》中可以体现出他的思维能力、创新意识、实际动手操作能力都得到很大的提高。"少年强，则中国强"，从周子惟身上我们看到了国家科技创新后继有人，希望我们国家的基础教育多培养一些像周子惟这样思维敏捷，勇于创新、勤于实践的人才。

湖南省科技特级教师：张天如

我爱发明

孙玮泽　男
西安高新第一中学
高一年级学生

我喜欢摸、喜欢尝、喜欢拆、喜欢动手、喜欢思考，因为那里有我最大的乐趣。

——题记

我的校长爷爷给我起了个好听的名字——"小科",希望我从小爱科学。我很小的时候就知道爱迪生、牛顿和瓦特。我有很多爱好,最大的乐趣是做机器人和搞发明,梦想长大当科学家。

发现生活中的乐趣

很小的时候,我就能用筷子吃饭,把很细的吸管插进葡萄糖酸钙口服液瓶口的小眼里,还会剪纸、做手工、和面。有时我还把黄瓜削成鳄鱼,把馒头捏成小猫,用橡皮泥捏各种小动物,缝扣子,缝沙包,洗碗,洗运动鞋,包粽子,包饺子,拌凉菜,修眼镜腿,修盒子,拧螺丝,用鞋盒子自制台球玩具,用苞谷叶做稻草人,用香菇做小乌龟,用废旧物品做风筝……

我喜欢拆东西,家里的小闹钟、计算器、电话机坏了,我都要拆开修理。就连爸爸的朋友送的精致音乐盒,也被我拆开搞破坏了,因为我老想知道里面的秘密。

10岁时,我就修好了防盗门锁、煤气灶开关、吸尘器、电话机和小朋友的玩具。我喜欢摸、喜欢尝、喜欢拆、喜欢动手、喜欢思考,因为那里有我最大的乐趣。

我问风是怎么来的,为什么会刮风?过了一段时间我才知道,风可能和气流有关。我问电是什么东西,磁铁为什么能吸东西?我问海绵是什么东西,是不是海里的生物?我问路上的汽车为什么会有很多种颜色,颜色是什么东西做的?我问激光绕地球一圈要多长时间?爸爸、妈妈都说不知道,过了一阵子,我想明白了,激光光线是直的,不会绕地球一圈的。

与全国先进教育工作者王淑芳校长合影

仔细地操作手中的科创成果

我总是有很多问题，总是想知道答案，在探索发现中，一个个谜底被揭开，真是其乐无穷。

乐趣里蕴藏着奥秘

在生活中，我的好奇心很强，看到什么现象，都喜欢琢磨，问问为什么，想想是怎么回事，是什么原理。我喜欢比较，喜欢发散思维。对我来说，最有趣的事情就是与奥秘PK。

比如，我曾对比过各种容器盖子的差别，观察不同盖子的用途；把喝矿泉水的瓶颈弄歪，在车上往嘴里倒不容易洒出来；把废牙刷毛头反向折90度，便于毛刷头将牙杯底里面洗干净；我还建议把家里烧水用的电热水壶口的塑料片小盖子改成不锈钢片，用一根弹簧连接到手柄处，一按就开，既安全又方便。

四年级那年的夏天最热，我从花园穿过，感觉树下凉快，过马路后，到楼下，感觉没有树下凉快，为什么呢？我仔细观察发现，楼下的地砖是干的，树下是潮湿的，前一天刚下过大雨。这到底能凉快多少？我马上找来温湿度计测量，一段时间内在每天相同时点进行测量，选有树有草、有树无草、无树无草、塑胶操场、水泥地、楼房下测量后得出结论：夏天光照强，草根短，易晒干，必须有树。在树下的草才能很好地保湿降温。

测量中，我还观察到塑胶操场里光滑面和操场边粗糙的跑道上测出的温湿度不同，打电话问科学老师，得知是由光滑面和粗糙面对太阳光的吸收和反射不同造成的。

在地面42摄氏度的高温下连续测量，不厌其烦地追寻探索现象的根源，我享受着其中的乐趣，更享受着找出答案后获得的成就感。

揭开奥秘，创造未来

由于爱上了发明，使得我的每一天都与众不同。

荣获第九届中国青少年科技创新奖后，孙玮泽同学在母校门前留影

四年级的时候，我看到人行道上有黄色凸起的地砖，脚走在上面很不舒服，就问为什么。妈妈告诉我，那是盲道。我问为什么没有见盲人走，她说过马路不方便。我想，盲人看不到，但是能听到，于是我用废旧物品做了"盲人音乐红绿灯"，申请了专利，2009年获得西安市第24届科技创新大赛小学组发明二等奖。

听说为了口腔卫生，每三个月要扔一次牙刷，我觉得太浪费了。为了环保，我把牙刷做成可换头部的，用空心笔杆连接，内装牙膏，可旋转推进，还可以装上音乐提醒刷牙时间，这个"旅行牙刷"小发明荣获"高新杯创新发明"大赛三等奖，陕西省环保创意发明第一名，被2011年6月3日和6日的《华商报》报道。

六年级时，我发明了"无尘板擦"，在班里试验，受到同学们欢迎。大扫除时，大家会抢着用，黑板擦得很干净，使得老师和同学们不再受粉笔灰的困扰。我还发明了"自动批改作业装置"，申请了专利，获"第2届高新杯创新发明三等奖"。

后来，我发明的"用耳朵钓鱼的鱼漂"，让盲人、视力不好的人也能享受钓鱼的乐趣。我发明的"多刀切菜器"，让颈椎不好的人、手脚不方便的残疾人甚至小孩子都能轻松切菜，享受生活的乐趣。我发明的"燃气灶自动熄火关闭装置"，让年纪大、记性不好的人不再担心忘记关闭燃气管道阀门而带来的巨大安全隐患，避免了因燃气泄漏引起火灾等重大事故。我发明的"拉土车安全提示系统"，减少了车祸的发生，如此等等……

初一暑假，我在内蒙参加"第26届全国青少年科技创新大赛"，获得银奖第一名，受到中央电视台《我爱发明》节目科普顾问孙心若爷爷的采访。当年还在美国参加全球DI创新思维大赛，获"全球最佳创意奖"，美国CNN电视台现场拍摄，参赛道具是我用医务室打针用的塑料包装壳做的兵马俑盔甲，用装订纸的废封边条做的宝剑。当我穿上自己设计制作的盔甲，手持自己做的宝剑，真像一个兵马俑战士，别提多神气了。当我和不同肤色的代表队员站在国际领奖台上时，作为一个中国少年，能为国争光，我心里无比自豪。

上初二时，学校举办科技节，我给初一22个班的1300多名学生作了《我爱发明》的报告，受到校领导、老师、同学们的一致好评。

初二暑假，我参加2012年8月在北京举办的"第10届全国中小学信息技术创新与实践活动"决赛，获发明创新赛项一等奖，为陕西争了光。

我13岁开始用发明大赛奖金和专利资助的7200元来自己支付学费，还买了很多《游戏中的科学》这本书，送给我的中小学校长、老师和小朋友留作纪念，希望更多的学生爱上发明。

……

从10岁到16岁，科技创新和机器人比赛一直伴随我成长，是我童年和少年

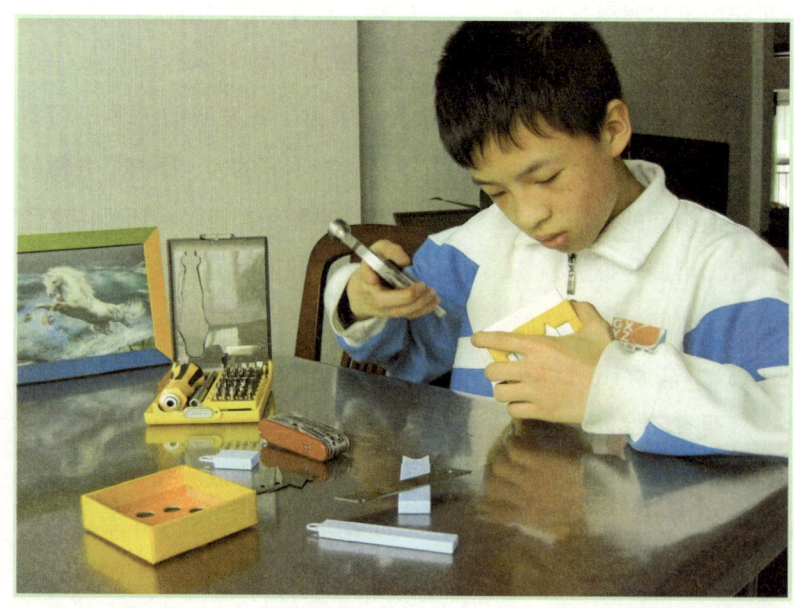

善于思考，勤于动手需要从小养成。图为创新发明中的孙玮泽

时代最有趣的生活。目前我已获得40多项国内外各类科技创新比赛大奖,从省一等奖、全国二等奖,到世锦赛中国公开赛二等奖、世界杯中国赛冠军、亚洲锦标赛中国区二等奖,共获得16项国家专利。2014年暑假我去美国参加了机器人国际赛,并获得2项银奖。2014年8月3日,安徽卫视新闻联播《少年中国梦》对我的创新故事进行了专题报道。

安徽卫视新闻联播《少年中国梦》对孙玮泽的创新故事进行专题报道

我立志长大当一名科学家,用我的发明创造给人们带来快乐,为社会作贡献,实现"中国创造"的伟大梦想。天生我材必有用,我的青春因发明而精彩。

我爱生活,我爱科学,我爱发明。

专家点评 ZHUANJIA DIANPING

阳光自信,沉稳大气的孙玮泽同学总是充满着活力,他在学业上不断进取,在兴趣上不断拓展。那是因为他心中有梦想——科学梦、发明梦,并一直为之追求着。在同学们的眼中,一脸稚气的孙玮泽是小小发明家。在任课老师们的眼中,他思维敏捷缜密,很有毅力,领悟力和分析能力强,若假以时日,悉心培养,或许是未来的"诺贝尔"。而在美国泛太平洋VEX国际机器人大赛的裁判眼中,他是一个善于沟通、不畏挫折、具有团队合作精神的得力伙伴。希望在未来有较大发展潜力与发展空间的孙玮泽同学,在更高的平台上,获得更好的发展。

全国教育系统先进工作者:王淑芳

人类的进步需求是创新的根本动力

马海碧　女　回族
新疆生产建设兵团第二中学
高中一年级学生

  创新是一个民族进步发展的灵魂，是一个国家进步发展的灵魂，是世界进步发展的灵魂；而人类的进步需求是创新的根本动力。

——题记

人类自从产生至今，从来都没有停止过创新活动。我们可以这样说，创新是人类不断发展的根本保障和主要标志之一。一定程度上来说，如果没有创新活动，人类就不可能发展，就不可能进步。因此，现代人类已经认识到，创新是一个民族进步发展的灵魂，是一个国家进步发展的灵魂，是世界进步发展的灵魂。

我们大家知道，科学技术的创新是人类的重要活动之一，是人类社会不断发展的主要催化剂，是人类文明进步的重要标志。

由此可知，科技创新能力是一个国家科技事业发展的决定性因素，是国家竞争力的核心，是强国富民的重要基础，是国家安全的重要保证。

我国已将推动科技自主创新摆在全部科技工作的突出位置，坚持把提高科技自主创新能力作为推动结构调整和提高国家竞争力的中心环节，又同时强调要加快建设国家创新体系，在实践中走出一条具有中国特色的科技创新之路，

这对推动和加强我国科技自主创新具有十分重要的指导意义。

在这里，我结合自身的科技创新活动，着重谈一谈在应用技术创新方面的一些切身体会及其方法，供大家参考。

实际需求是创新的动力和源泉

我认为，创新的起点是要注重捕捉现代技术的相关不足，这是进行科技创新的重中之重，也是培养个人创新能力的基点。

譬如，我小时候在一次坐火车的旅行中，跟父亲抱怨说火车行进时太吵，问父亲有没有办法降低这种噪声。父亲正视着我，坚定地回答说一定会有。因此，这个问题就成了要力图解决现代轨道科学一大难题的出发点。经过一段时期的探索，在父亲的一再引导下，形成了许多技术方案，但都不是十分理想；又经过了一段时间的反复探索，终于优化确定了几项技术方案，因此使旨在减振降噪的"交叉连接无缝轨道技术"得以确定，且申请和获得了国家专利。

又譬如，在我外婆家门口有一个斜坡，斜坡上有一个窨井盖，然而由于窨井盖常常滑落，这次我又跟父亲抱怨说太危险，且窨井里散发出的味道太难

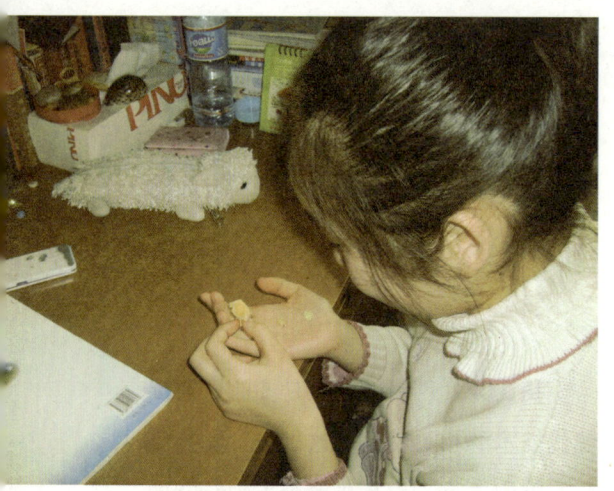

仔细查看发现的依存生物体

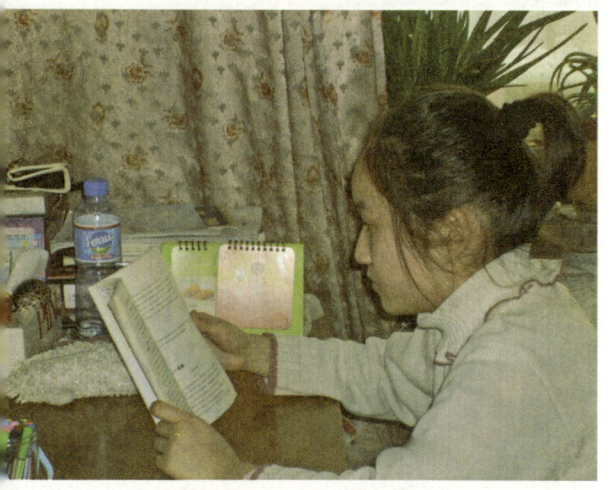

认真查阅相关资料，对依存生物体进行比对分析

导下，形成了许多技术方案，并初步验证了几种可行的方案。其中一种方案是：在窨井盖的盖板上设置若干个凸头，在窨井盖底座的支撑板上对应设置若干个凹槽，当盖上盖板时，只需将凸头对准凹槽插入即可。由此使旨在提高窨井盖性能的"插合式窨井盖技术"得以确定，且申请和获得了国家专利。该项目还参加了2009年"全国青少年科技创新大赛"，且荣获自治区优秀科技竞赛项目二等奖；在现场答辩中，专家评委老师还一直夸我的创意好、人小才气大，并鼓励我坚持科技创新活动，取得更多成绩。

又譬如，我在一次飞行旅行中，同机的一位老人腿脚不太好，上飞机登梯时很费力；由于坐飞机时间较久，下飞机时也比较困难。回家之后，我问父亲有没有办法解决这一问题。同样地，父亲仍然坚定地回答说一定会有。因此，这个现实的问题就又成了要力图解决的机场专用设施技术不足的出发点。经过一段时期的探索，同样是在父亲的引导下，形成了许多技术方案，由此使旨在提高登机梯性能的"车载自动扶梯技术"得以确定，且申请和获得了国家专利。

闻，问父亲有没有办法解决这一问题。同样地，父亲坚定地回答说一定会有。因此，这个现实的问题就又成了要力图解决的城建设施技术不足的出发点。经过一段时期的探索，同样是在父亲的引再譬如，在我们日常生活中，如果留心观察就会发现，周围经常会莫名其妙地出现一些我们没见过的小生命体，如在家里的某个小环境里，时不时地会生长出某种生命体，而大多数我们几乎不知道它们是何种生命体，更叫不出它们的名字。如我们习惯用洗手壶存储水以备停水使用，并且4至5天重新添加一次自来水。让我们不可思议的是，每次打开盖子时就会发现，盖子内侧生出了许多小虫子，在壶里的水面上还会发现漂浮着的小虫子的尸体。这种水壶内外环境中的生命现象会反复出现。我们不禁要问，在几乎密封的环境里，小虫子是怎么生成的？还有，在家中洗漱台上，如果将潮湿孔塞扣放在洗漱池上一段时期，孔塞下就会生长出一些小虫子，这种生命现象也会反复出现。我们不禁要问，在没有母体的环境里，小虫子是怎么生成的？再有，在冬天，室外温度很低，但我家厨房窗户的内框上往往充满着生机。每到冬天，我家厨房窗户的内框上都会生长出像花朵一样的生物体，而且能够长得很大，我们亲切地叫它们为"小蘑菇"。每个冬天，"小蘑菇"在我家厨房小环境中的窗户内框上会反复生长。这种"小蘑菇"是怎样生长的呢？

我们通过学习可以知道，生命体的生长是从细胞发育开始的，每种细胞代

参加在青海省举行的相关物理学术会议

表相应的物种或种群。换句话说,自然界中每一物种或种群的生命体都有自己的细胞。但上述生命体因为是在特定环境中随机产生的,因此我们不知道它们是由现知的何种细胞生长的,以及它们是何种生命体。

就拿上述生命体来说吧,小虫子应该是一种爬行动物,它可能由自己的细胞生长而来,但它们是现代已知的物种还是新物种,我们现在无法检测,但可以肯定的是,这些物种的出现都有着一定的不确定性。而"小蘑菇"到底是动物还是植物,我们同样不得而知。但通过长期观察我们知道,"小蘑菇"由小变大后,体瓣既具有动物体的弹性,又具有植物体的韧性,且最终将变成一滩液体,挥发后仅留下一些液渍,以此来证明自己曾经是这个世界的一份子。那么它到底是什么种类的生命体呢?这还需要我们去努力探究。

类似的生命现象,特别是依存特定环境的生命体现象还有很多,更不要说在大自然中了。我将这类生命体命名为"依存生命体"。

依存生命体都是在特定依存环境中生长的,而了解它们是我们学习生命知识的最好实践开端。我将依存生命体作为一项科研课题,认真研究了很多年,并将此研究写成了学术报告,参加了2014年"全国青少年科技创新大赛",该项目荣获兵团学生优秀创新项目三等奖。

科技创新需要持之以恒

我认为,进行科技创新的实践活动重在持之以恒,这一点很关键。

在创新活动中,会遇到方方面面的具体困难和阻力,我们所要做的,就是如何克服困难,不断寻求解决问题的方法和途径。只有坚持了,才有可能使科技创新活动得以成功,但如果放弃,只有失败。

科技创新还需满足社会需求

我认为,科技创新一定要同社会实际需求紧密结合,不能脱离实际需要,否则,创新活动就会得不到实际应用。这是一定要注意的社会现实问题。

总之，科学技术的创新将有力地推动人类社会的进步发展；科技创新实践活动不仅使我充满了创新乐趣，还使我开拓了科学视野，进而使我获得了新的知识；科技创新活动必须与社会实际需求相适应，必须持之以恒。只有这样，我们才会取得切实可行的创新成果，才会不断开拓出科技创新的新局面。

专家点评 ZHUANJIA DIANPING

马海碧同学从小在科技氛围非常浓郁的家庭中成长，培养了非常好的探究习惯和实践能力，能够正确理解学习，懂得可持续发展的重要性。探究的问题涉及机械、电子、能源、动力、材料等方面，想法奇特大胆，又不乏科学理论依据。因为勤于思考，喜欢动手，常常有针对不同内容的新构思和新创意，想象力丰富，好奇心强，视野广阔，善于观察发现。热心关注生活中的细节，又能捕捉到现代技术的相关不足，爱钻研，每年都有若干项研究与创新成果。诸多创新成果获得国家专利，并获得国家级、省级奖项，成了同学们仰慕的"小小科学家"。

新疆生产建设兵团第二中学特级教师：向蜀兰

我在创新中不断成长

谭知微　女
澳门特别行政区培正中学
高中三年级学生

问题是方法的导师，成功是失败的累积。
只要我们还爱选择天空，
它总有足够的空间让我们尽情地飞翔。
只要我们还爱仰望星空，
它总不会只挂着几颗星星静静地闪耀。

——题记

每当我知道要参加科技创新活动的时候，都感觉十分兴奋。兴奋的是，因为能够与年龄相仿的少年朋友一起分享大家的科研心得并一起进步，同时也各自追求自己在科技创新方面的梦想。在参与科技创新活动的这几年间，我有一些经验、心得和感悟，很希望在这里与大家分享。

我想科学家育成的每一个阶段都有它的要素和特色，每个人都不同，不能一概而论。但是基本要素却是不变的，就是兴趣，热忱和坚持。在我初中的时候，老师说："我们会有一研习室，将历来的奥数题目和教材都收藏在那里，以便同学们参考。我希望大家能好好利用它，使这个研习室成为一处有利于提高我们数学能力的地方。正所谓'尺有所短，寸有所长'，大家要集思广益，一起进步。还有，三人行必有我师，我希望最少有三位同学时才可以进入研习室。"有同学提议在房门上安装三把不同的锁，然后将三套不同的钥匙分给大家。老师说："这样的话，任意三位同学未必能把门打开，因为他们分到的钥匙不一定都不同。我想这需要用上电子密码锁，也许其中正是个有趣的数学问题。"我想这也许是个很难的数学问题！因为如果真有这样的锁，所用的数学知识可能会很复杂吧。这问题在我脑海中萦绕不去。直到有一天，老师教二次函数时，说到只要知道二次函数上的任何三个不同点，就可以确定这个二次函数时，我对老师说，二次函数好像我们要的那把锁，都是用任何三个不同的点来确定一件事情。老师觉得我的想法很有道理，就让我再进一步思考，并让大家一起讨

荣获2013澳门特区政府功绩奖状

论。这便成为我的第一篇数学小论文《三人行必有我"匙"》和第一个科普创作"众妙之门"了。幸运地,这两个作品分别在走进美妙的数学花园和全国青少年科技创新大赛中受到评委们的青睐。我真的很感谢他们,不以我小小年纪只有有限的知识和理解力,评委们给了我很多宝贵的建议,也为我耐心地逐一解释清楚。

"三点决定唯一二次函数"与我有不解之缘,它真的很奇美。因为只用任意三点,就可以确定随意的无限。所以我对之锲而不舍,念念不忘,总盼望能发现如何连结到有趣的应用上。2012年我代表中国澳门到美国匹兹堡参加英特尔国际科学与工程大奖赛,没想到在比赛数据库中发现以色列哈该同学的作品摘要中提及如何利用4张光盘来备份3张光盘,而且用任何3张备份光盘就能恢复原本3张光盘。我想到若用"三点决定唯一二次函数"这定理,也可以做到。不单如此,这样的做法更有可能应用在云端安全上,这样就开始了我的第二个科技创新作品"云深不知处"。它也是个有理论和应用价值的作品,我个人因该作品曾获丘成桐应用数学奖、IEEE主席奖学金提名奖、周培源青少年科技创新奖和"明天小小科学家"奖励活动一等奖。这都是中国澳门首次有同学获得的,因此我十分珍惜。

参加南京的全国青少年科技创新大赛叫人最难忘。南京是我国的古都,只要造访过南京,都会觉得当地的确是人杰地灵,到处散发着文化气息,令人惊羡。南京市和市民向来对文教体育活动十分支持。这次大赛也办得相当有规模,丝毫不比国际大赛逊色。此外,大会也邀请到非常专业的评委,他们对我们青少年参赛者既严格要求又百般呵护,而大会的志愿工作者也很有耐心,

参加全国青少年科技创新大赛获得一等奖及内蒙古自治区主席奖

亲切地照顾我们。大会主题是"中国梦，科学梦和青春梦"，每次到达会场的时候，我都感觉非常骄傲、自豪和感恩——我能有机会在南京与来自各省市的优秀青少年同胞们，一起追逐梦想。

一路走来遇见了许多对我影响甚深的人。比如，在英特尔的大奖赛中，我曾遇到2013年比赛的大奖得主Jack Andraka，美国新闻节目"六十分钟"访问过他并称他为神童。他非常热情地与我交流，我借此机会和他谈论在科创路上的困难，他认为科创是一条不平坦的路，许多问题都很奇怪难解，然而大自然的道理往往只有一个，却要用千百种方式去尝试、去猜测，才有可能得到解答，从而在科学星空中绽放出自己的光芒。就在大家都认为他能在大奖赛中再次大放异彩时，他只得到了四等奖。这件事使我想起曾经看过的一尊雕塑，是张向前倾斜的大椅子，人若想坐在椅子上，就要不停地用脚使劲地往地面撑着，否则就会滑下。要留在成功的高处，我想也是类似的道理。在颁奖典礼的晚会上，我看见他是那么地失落，但我明白他真的深受打击。我只能目送他被黑夜渐渐吞噬的身影，但是我知道这夜虽漫长却没法吞灭他那颗炽热的科创者的心。这位神童会很快笑着回来，我们正期待着。

我还有另外一次十分宝贵和重要的经历。早前我很荣幸地能与杨振宁教授有面对面谈话的机会。他鼓励我要多阅读学术杂志，里头有许多有趣又有意思的问题，供我们思考。他勉励我在科技创新道路上只要有好的想法，就不要浪费，一定要坚持和有毅力地继续探索，才能发现藏在底下的美好宝藏。杨教授已是90多岁，他仍然吸收新的知识，对任何有意义的问题，均兴趣盎然。杨教

参加英特尔国际科学与工程大奖赛

授是宗师级的学者，他却能尊重又爱惜我们每个人求知的心，给我们有发问的机会，并且对每个问题小心聆听，细心思考，悉心回答。这是我初次感受到伟大学者所拥有的高深和广大，使我受益良多，但其最受用处，却又难以用言语表达出来。

其实，我的科创路真的并不存在很大的困难，大部分都是乐在其中，如果勉强说，只是"为赋新词强作愁"。可是在生活上却不一样，有时会既无奈又迷茫。有年暑假探望外公、外婆，"莫拉克台风"来袭带着2000毫米大雨。凌晨水库闸门全开，泄洪量达每秒80000立方米。就在破晓时分，防堤终于溃决了。大水瞬间淹至胸口高，家园尽泡在恶水之中。眼看人要灭顶，大家帮着老人小孩求生。恶水、沙石无情地在冲刷，我们只能在其中挣扎。泥水一天后才退。外婆、妈妈和我要在每个漂浮的冰箱里找出食物来做饭，这样大家才有气力重建家园。房子要清理，到处要消毒，整整花了8天时间。还能活在地球上的，就算是幸存的生灵了。这是最严重的水患，造成31个乡镇市水患成灾，让我体会到了自然灾害无情的力量和人类生命的脆弱、珍贵。我虽然微小，但总要贡献出力量，帮助大家尽快恢复过来，回到正常生活的轨道上。这方面的经历和体会使我在科创的路上有份特别的坚持和珍惜。

最后，我觉得科创者最重要的就是要有正确的精神和信念，正如咏春拳宗师叶问所说："武术虽然是一种武装的力量，但是中国武术包含着儒家的哲学，首重'武德'，也就是一种'推己及人'的仁义精神。这样才会对国家、众人、亲人以及对自己平添更多欢乐和幸福。"

专家点评 ZHUANJIA DIANPING

本人认为澳门培正中学谭知微同学的科技创新作品"云深不知处——代数学在云端储存上的应用"，为一优秀的科创项目。其做法巧妙新颖又简明可行，论述又比较规范，数学应用亦灵活恰当。

谭知微同学知道"问题为方法之父，失败乃成功之母"的道理，又能从困难中锻炼出坚强的意志，并能感悟凡事皆得来不易，务要爱惜。甚是可喜。

澳门大学校长：赵　伟

创新给了我腾飞的翅膀

杨 鹏（回族）
辽宁省本溪市第一中学
高中二年级学生

创新——这个强大的中国之梦，是它给了我腾飞的翅膀！我要用它展翅翱翔！

——题记

2013年7月,我参加了青少年高校科学营"科海泛舟,梦想起航"之大连海事大学分营活动。当时海大的一位老师说过的一段话一直让我记忆犹新,他说:"我们如果仅仅只知道引进别人的技术,那么就得永远跟在别人后面爬行,所以我们别无选择,只有自己做出来,用我们自己的创新超越别人!超越前行者!"是啊,创新!唯有创新才是科技进步的灵魂,唯有创新才能永不落后!这种积极的创新思想一直深深地影响着我,让我没有墨守成规,而是用自己的创新观念发明出了我人生的第一个专利——升降便器液压装置(用自来水压力助起的坐便器坐垫),并自己动手制作了这一装置,为我行动不便的奶奶解决了她的一大难题。

我的奶奶年近古稀,她受关节痛折磨多年,就连最基本的独自上卫生间都很困难,得需要有人搀扶才行,因为她的膝关节已经无法用力,坐、起动作对她来说万分艰难。奶奶的痛苦我们全家人看在眼里,急在心里。怎样才能帮助她老人家呢?这个问题也一直困扰着我。

通过上网查找,我看到了一个中国台湾人发明的"助起马桶"。可仔细看过后,我有些失望。它需要在马桶内部

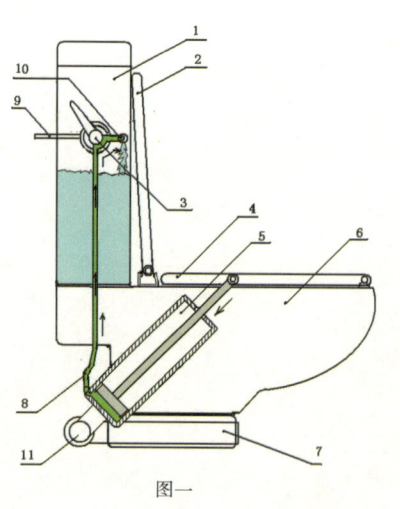

图一

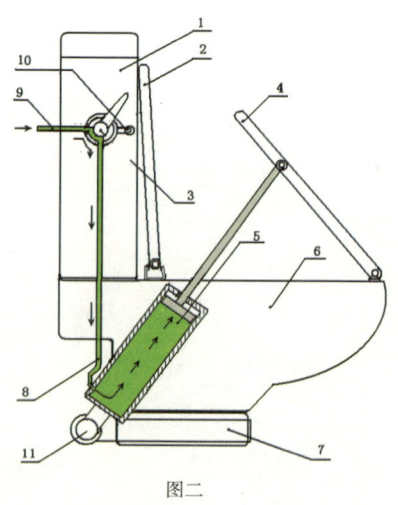

图二

坐垫回落后的外观剖面结构示意图

安装一个电源,然后设置一个助推器,用电动推杆来推动助推器,从而支撑人体。它不仅耗费电源,而且在与水管相连的马桶内安装电源,其本身的危险性也非常大。爸爸看到我查找的资料后,明白了我的想法。他说:"为什么不试试借助马桶本身的能源呢?"马桶本身的能源?马桶有什么能源呢?它只不过是一个与水箱连接的冲水装置而已。对呀!水箱!水不就是现成的能源吗?如何才能有效地利用这现成的能源呢?

想到了,就要去做!通过计算与测量,我知道了1立方厘米的水可以支撑起1.5至3千克的重量,一个马桶水箱中的水大概有5立方分米,我完全可以利用马桶水箱中的水来完成支撑人体的作用!在这一想法的触动下我开始动手进行我的创新发明。

首先,我考虑在坐便器上加装一个支撑装置,然后再利用水的液压动力,通过这个支撑装置来支撑起人体。可坐便器本身体积就不大,再加装设施实在有点困难。几经琢磨,我想到了它的坐垫。只要坐垫能够借助外力缓缓起动,并形成一个倾斜的角度就能够将坐着的人支撑起来不是吗?我把原本由分离开

向与会嘉宾介绍科创成果

参加2013全国高校科学营时体验驾驶实习船

参加"中国梦、创新梦"演讲比赛

的两部分组成的坐便器坐垫通过连接折页紧密地连接起来,这样只要外力推动靠近折页的部分,那么整个坐垫就会逐渐地倾斜升起。

有了可升降的坐垫,剩下的就要考虑让坐垫升降的动力了。爸爸车里小小的千斤顶给了我一个很大的启发,做一个类似千斤顶的装置,然后借助水的液压动力来支撑它不就可以了吗?爸爸很支持我的想法,和我一起动手在坐便器的两侧各安装了一个像千斤顶的液压筒,我又让爸爸把坐便器的水箱换成了塑料的,然后在塑料水箱侧面安装了一个两通阀门与自来水管路连接,再通过水管将阀门与侧面的两个液压筒连接起来,这样通过控制阀门就可以将水箱进水先引流到液压筒中,水的逐渐注入

会使液压杆缓缓升起,推动坐垫倾斜上升。在人需要坐下时,再利用人体重力将液压筒中的水通过循环管路重新注入到水箱中,且缓慢的注水过程又使人在坐下时形成一个阻力,这样不会因过于突兀而给使用者带来伤害。同时,一次水,两次用,既不需要消耗其他能源又有效地利用了水的压力,我为自己的想法而骄傲!

在爸爸的帮助下,我终于把自己的想法变成了现实。

第一次实验时,看到那在液压杆的推动下慢慢抬起的坐垫,我的心像擂鼓一样咚咚地跳着,我真怕自己的实验失败。起来啦!起来啦!坐垫真的在推力的作用下升起来了,95°、100°、105°、坐垫慢慢地升起……终于,几乎

170°啦,完全可以将坐着的人托起啦!

噢,成功了!成功了!我欢呼!我雀跃!

这看似粗糙的作品凝结着我和爸爸几个月的心血,也凝结着我们全家人对奶奶深深的爱!虽然它还需要更进一步的改进,但这升起的坐垫说明了我的想法是可以成为现实的!

我把自己的思考、制作过程写了一份详细的说明,请人帮忙画出了设计图,又自己动手做了一个模拟装置,爸爸帮我向国家知识产权局提出了专利申请。

2014年3月,我的申请终于获得了国家知识产权局授予的实用新型专利证书!

这一次的实践让我的心中升腾起创造的喜悦!我更加深刻地体会到创新带给我们的无限动力!是呀,唯有创新才是科技进步的灵魂!唯有创新才能使我们的祖国更加强大!

创新——这个强大的中国之梦,是它给了我腾飞的翅膀!我要用它展翅翱翔!

 专家点评 ZHUANJIA DIANPING

　　这个创新故事真实地再现了杨鹏同学较好地理解和体验、创新能力。高校科学营活动中,教授的一句话促成了杨鹏同学对创新的认识与渴望。对现实生活中遇到的问题的思考和解决,又帮助他实现了创新梦。

　　同时这个故事也为当前我国中小学创新教育的开展提供了有益的参考实例。一项好活动、一节好课、一本好书、一句名言都可能成为一个人成长过程中的重要支点。所以,创新教育应注重从身边的实际做起,从基础教育抓起,如此会有更多的创新梦成为现实。

辽宁省十佳优秀科技教师、中国青少年机器人竞赛优秀教练员:邵文彬

我爱发明

解欣艺（女）
黑龙江省哈尔滨市第六中学
高中二年级学生

　　学习是学生的本分，而"学生"就是"学习生活"，生活当然不仅仅是课堂知识那么简单，生活中一切有用的、有益的、有趣的东西都应该学习。

——题记

我叫解欣艺，女生，1997年生于哈尔滨，天秤座，现在是哈尔滨第六中学高二（13）班学生。自从2003年开始上学起，我和大家一样学习、辅导、作业、考试，忙忙碌碌、辛辛苦苦，也一样有欢乐、有失落，有成功、有麻烦。自己心中"窃喜"的是，在课堂学习之外，我还找到一点自己的"领地"，自己的"心得"，自己的乐趣。2011年，我参加学校的"我爱发明社团"组织，在科技创新活动过程中，我找到了自己的乐趣。

现在学习非常紧张，白天在学校手捧书本不放，放学后拿着书本赶路去补习班，回到家，放下碗筷打开书本做作业。只有奶奶不理解，深夜奶奶常常催我早点休息，心疼地说："今天的小孩子背着十几斤重的书包，每天忙得比总理还忙！"天可怜见的！难道我们的青春幸福就是学习、考试、排名榜、花钱再补习的酸苦辣咸之"舌尖四味"吗？哈工大毕业的父亲非常理解我，对我说：学习是学生的本分，而"学生"就是"学习生活"，生活当然不仅仅是课堂知识那么简单，生活中一切有用的、有益的、有趣的东西都应该学习。

一次黑龙江省发明协会孙景文教授来我校开展《我爱发明》讲座，我不停地记笔记，在身旁的同学告诉我，孙老师辅导全国各地的学生都保送到清华北大呢！下课时，我和同学们一样请孙老师签名。回家哀求父亲，想实现保送上大学的美梦，得到了家长的支持，不久我兴高采烈地到孙景文科技发明实验室报到。看到了大哥大姐们做的五花八

爱笑是解欣艺同学的一个特点

门、千奇百怪的全新智能化发明获奖作品，让我耳目一新，大开眼界。看到世界各国小朋友最新小发明的图片，觉得科技天空这么大。孙老师对我们讲起爱迪生、袁隆平的科技创新故事，以及胡锦涛爷爷接见孙老师的学生时作出的指示："勤动手、勤动脑，努力掌握更多真才实学。"老师一席话使我感到学习发明不能轻松，我暗暗下决心，性格倔强的我，一定要做出我的发明宝宝。老师给了我一个发明课题"环保垃圾桶"，让我搜索专利网，先画出图纸，再动手制作出发明成果。我利用微生物学、环境保护、化学除味剂、智能电子、机械原理，经过几个月的努力获得了成功，一个理想的"仿生态灭菌、除异味自动翻盖环保垃圾桶"摆在我们面前。我发明的"仿生态灭菌、除异味自动翻盖环保垃圾桶"于2012年在中国第七届国际发明展上获得了银奖。

几年时光，我深深感到发明过程是一种精神享受，它能缓解我们学习的压力，又能学到书本之外的知识，在4年内，我的手流过多少次血和汗？包扎过五颜六色的"邦迪"，手捧着几个不同发明宝宝、几块奖牌，心里很高兴。最值得我骄傲的项目应该是"预防人畜及动物共患病毒的便携式定时光谱灭菌器"了。

它在2013年获得了第112届巴黎国际发明展览会金奖（世界发明最高奖项）。使我值得骄傲的，不是因为它获得了世界发明最高奖项，而是因为它在实验阶段给我们出了难题，我们经过不懈的努力不仅解决了难题，还完善了它的功能，这才是值得我骄傲的地方。"预防人畜及动物共患病毒的便携式定时光谱灭菌器"采用短波紫外线与药液同时消毒灭菌，可杀死结核菌、芽孢和真菌，可以预防猪流感和禽流感病毒畜传人、人传人等跨物种病毒株传播，它体积小、移动方便。该项目最初设计时是采用短波紫外线消毒灭菌，没有考虑药液灭菌，项目进展得非常顺利。实验时我发现房间里的家具对紫外线有遮挡，阴影部分照射不到，使房间不能被彻底灭菌。既然发现了问题就要赶快去解决，我们三人小组开始讨论，但没讨论出结果；冥思苦想也没找到解决问题的办法。一个多月过去了，马上就要宣布项目失败了，我们仍没有找到解决问题的办法。一天放学后到同学家写作业，看到她家里的加湿器正在工作，我豁然开朗——将药物雾化就可以解决这个难题了。我马上将想法告诉辅导老师，得到了老师的认同。我们重新设计，将短波紫外线与药液同时使用，就能对房间进行充分灭菌。这样，"预防人畜及动物共患病毒的便携式定时光谱灭菌器"就诞生了，值得骄傲吧！

2013年还有一个获奖项目，就是"万分之一滴定容积、净重测试器"项目，它获得了第17届法国国际青少年发明创新大赛铜奖。它是我用爸爸的千分尺和医用小注射器来完成的。别看它简单，它的作用却很大，它将液体的计量精度提高到了万分之一，对化学实验非常有用。

2014年我又完成了两个项目，一个是一种"适合自然灾害应急自救生存保障箱"项目，另一个是"对人工饲养动物健康状况观察的3D电子信息采集装置"项目。

我每天看新闻，我在新闻中了解了很多知识，也知道了很多的灾难。每当看到世界上发生的各种灾害，有时候我都会忍不住流泪。当我看到汶川大地震时被救出的孩子，我为他们庆幸，我在

与团队成员合影留念

接受电视台记者采访

想那些没找到的孩子是不是在某个角落里坚持着,渴望外面的人发现自己。他们不想死去,他们要找妈妈、找爸爸,他们多想逃出死亡的魔掌。如果他们要是有点吃的、有点药、有个小小的工具该多好。今年我实现了这个愿望,我为受灾的人们制作了一个"自然灾害应急自救生存箱"。将它放在家里及学校、商场、图书馆等公共场所,当灾害发生时人们拿起来就走,非常方便,能使受灾的人们得到自救。

东北虎属中国一级保护动物并被列入濒危野生动物。我们项目小组在参观东北虎园林时看到了工作人员给东北虎体检。东北虎园林每年都对近千只东北虎进行"体检",以掌握东北虎种群健康状况。工作人员用麻醉枪将东北虎麻醉,再将它抬到车上进行体检,非常麻烦。我们项目小组回来后经过讨论,设计了一个"对人工饲养动物健康状况观察的3D电子信息采集装置",它将大大提高对人工饲养动物信息采集的工作效率。

几年来我通过科技发明对学习有

了新的体会，我觉得在课堂上是学习，课外科技发明也是学习，甚至下棋、画画也是学习，这些"学习"都会帮助我们"创新"，帮助我们收获"成果"。我们只要做一些有益的、有趣的事情，我相信都会从中得到提高并收获"成果"，也会从中享受到学习、生活的乐趣。

专家点评 ZHUANJIA DIANPING

我校解欣艺同学几年来利用课余时间参加科教活动并完成了几项发明，是非常难得的。目前我国的中学教育只追求学习成绩，她在这种大环境下能挤出时间，坚持几年来搞发明创造，是难能可贵的，是值得其他同学认真思考和学习的。她虽然获得了"第九届中国青少年科技创新奖"及"第112届巴黎国际发明展览会金奖"等重大奖项，取得了骄人的成绩，但其真正的意义不在于完成了多少发明创造和获得多么重大的奖励，真正意义在于她在合适的年龄得到了综合素质的培养，为将来的发展奠定了坚实的基础。

哈尔滨市第六中学特级教师：姜雪晨

同呼吸，共奋斗

吴少哲
河南省平顶山市第一中学
高中二年级学生

既然同"呼吸"，必须共奋斗。高处着眼才能创新思维，低处观察方能付诸实践。学习是一切才能之源，要读有字之书，更要读无字之书。实践出真知，实践长才干，雾霾影响你我他（她），人人参与改变它。

——题记

这几天全国范围内大面积出现了雾霾天气，平顶山也出现了雾霾。这些天一出门妈妈就让我戴上口罩，真的很烦，可如果不戴的话，会感觉很不舒服。这样的"破"天气是怎么形成的呢？我从网上查到，雾霾天气的形成与气象条件、空气中细小颗粒物的浓度等有关，是综合原因形成的恶劣天气状况。一天我去爸爸单位玩，无意中看到环境监测站的叔叔们加班采来好多袋煤矸石。采煤矸石有什么用呢？

晚上，环保局的一位叔叔来我家玩，听爸爸说这可是平顶山市的环保专业人士。我就有意识地去问煤矸石的问题。这位叔叔告诉我，煤矸石采回来要分析成分、粒径、理化性质等，以便有针对性地提出防范矸石山危害的措施。

最近这几天我一直在想，矸石山有什么危害呢？我又上网查。一看，果然危害大，污染地表水、地下水，扬尘污染大气，造成水土流失……，"扬尘污染大气"，我突然与前两天的雾霾天气联系到了一起。

我在爸爸的带领下，又去咨询了环保方面的专家。他们告诉我平顶山是煤炭资源型城市，污染比较严重，特别是大气，而大气污染的主要原因就是颗粒物。叔叔们夸我善于思考并肯定了我的想法。同时，他们也提醒我，看看能不能更进一步地去找到解决问题的方法，因为矸石山的排放量计算还没有成熟的计算方法。我想，能不能根据监测的数据，来推算出一

看着眼前的情景，心里感慨良多

上图：认真地进行观测记录

下图：仔细记录观测得到的数据

座矸石山的单位时间的排放量，然后再计算出单位面积的排放量。

叔叔们肯定了我的想法，同时又指出了我的漏洞，让我想好后尽快开始。在专家的指导下，我确定了此次要探究的主要内容为：计算矸石山排尘量。具体分五步：一是进行矸石山基本情况调查、气象数据调查、矸石的理化测试；二是矸石山风动起尘监测；三是利用实测数据，通过公式推测出矸石山风蚀扬尘的实际排放强度，确定本地区矸石山风蚀扬尘的起尘风速及相关参数；四是利用山西平朔露天矿区对"锥形矸石山"风洞模拟试验的扩散模式，推算本地区矸石山风蚀扬尘的理论排放强度；五是根据实际和理论矸石山风蚀扬尘排放强度推算结果，对矸石山风蚀扬尘排放模式及参数进行修订，确定平顶山地区矸石山的风蚀扬尘排放强度计算公式。

下面我就要开始行动了。矸石山都要调查些什么资料呢？我上网查阅了资料并请教了叔叔们，知道了应该有位置、高度、占地面积、表面积、矸石的堆存量等。

通过资料收集，结合平顶山市高清地理遥感图片的实际测量，综合平煤神马能源化工集团有限公司环保处的调查资料，得出了平顶山市区周边16座主要矸石山的煤矸石积存量、每年新排矸石量、高度、占地面积、表面积等数据。

明天要开始监测了，选哪座矸石山呢？根据书上的资料，我想肯定要选一座有代表性的，什么算是有代表性的？我只有请教了。叔叔们告诉我，选择没有绿化、没有洒水而且周围没有大污染源的。我一听明白了，就是监测没有受到影响的数据。当然还有一点他们没有明说，就是不能在雨天或刚刚下过雨，这一点我是从书上学到的。现场监测完成了，该称量了，我也穿起了白大褂，走进了化验室。上回监测的样品都已经称量过了，叔叔们还专门留了几个作为我称量的样本。叔叔们教会了我如何使用天平，如何读数，这可比书本上的知识直观多了，一些不理解的地方也明白了。

现场监测数据齐了！我来到了化验室，把采回来的煤矸石品分级。找来不同目数的筛子，不同的目数对应不同的

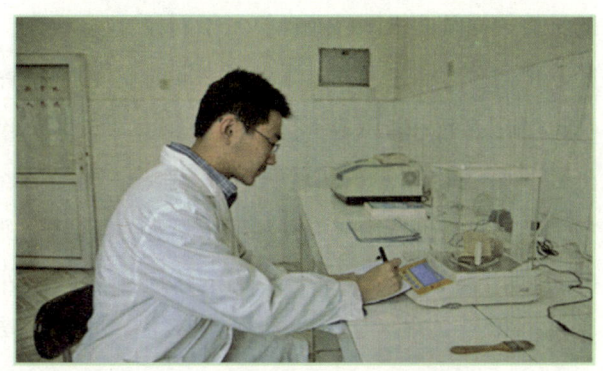
上图：在实验室进行资料分析
下图：认真地进行实验分析研究

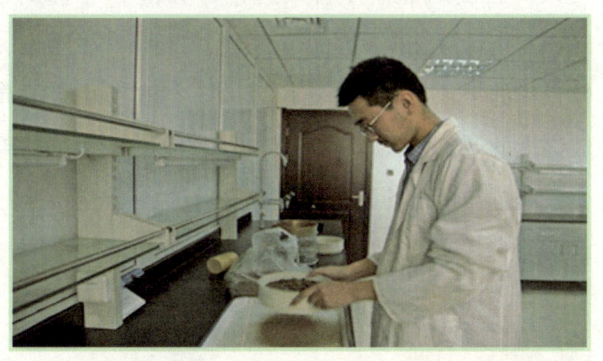

粒径。通过粒径分级我们有了矸石山表面不同粒径所占的比例。

整理了一下资料，气象资料齐了，现场监测资料齐了，矸石山表面粒径分级完成，各个矸石山的位置、面积、高度等数据也齐了。该进入下一阶段工作了。

到了找监测值与排放值关系的时候了。我上网查阅了大量的资料，找到了反映监测值与起尘值之间关系的公式。根据不同粒径在不同风速档的排尘强度

的推算数据及曲线图,我计算了不同粒径、不同风速档之间的排尘差异;同时计算了其占上一档风速下排尘强度的百分数。将各相关参数值代入计算模式中,计算出当矸石山表面外加洒水量为0的自然干燥状态下,各矸石山的年起尘量。

将矸石山的风蚀扬尘监测推算结果代入矸石山风蚀扬尘排放理论计算模式,重新计算该模式的修正系数,得到修正后的平顶山地区矸石山风蚀扬尘排放强度的计算公式。

经过几个月的努力,终于完成了自己的研究。通过这次研究使我认识到,多观察,就可以发现问题;多动脑,就可学到解决问题的办法;多动手,就可以解决问题。与此同时,我还学会了利用网络查资料,初步了解了实地调查研究、分析问题、步步推进解决问题等方法。另外,还学习了环境监测的布点、采样、样品分析等,锻炼了我的动手能力,并且对矸石山排尘对空气的影响有了深刻的认识。我为自己能亲自参与减少污染、消减雾霾对人类的影响而感到由衷的高兴。

如果人人参与,何愁雾霾不散,天空不蓝?

专家点评 ZHUANJIA DIANPING

非常高兴阅读了吴少哲同学的创新故事——《同呼吸,共奋斗》,他通过自己思考、设计和实验,找出了符合当地实际情况的矸石山风蚀扬尘排放强度计算公式,为治理矸石山扬尘污染提供了量化依据,并得到了管理部门的采纳和应用。吴少哲同学的杰出之处,并不仅仅是他在完成紧张的高中学习同时,能在较短时间内探究出有价值的实验成果,更是他身上那种难得的小小年纪能够关注现实、直面问题、认真思考、科学探究的精神、毅力和勇气。

平顶山市第一中学特级教师:张衔衔

大 学

用激情燃烧自己，用梦想描绘未来

大学组

第九届中国青少年科技创新"梦之队"成员精彩故事入选名单

做中国计算机科学事业的眼睛——吴佳俊
（清华大学交叉信息研究院2010级本科生）

且将新火趁年华——冷晓琨
（哈尔滨工业大学计算机科学与技术学院2011级本科生）

在创新的路上风雨兼程——钟　麒
（浙江工业大学机械工程学院2010级本科生）

路在何方——星火激情燃希望——张哲野
（华中科技大学化学与化工学院2010级本科生）

踏实走好每一步——胡　媛
（青海大学计算机技术与应用系2010级本科生）

好奇＋执著＝科海拾贝——王　野
（第二军医大学学员旅临床医学专业2009级本科生）

那些年，我们一起run的Access——魏欣如
（北京中医药大学台港澳中医学部 2011级本科生）

我在北化成长的经历——黄毅超
（北京化工大学化学工程学院2010级本科生）

创新源于不懈努力、关注生活——闫鹏飞
（郑州大学水利与环境学院2010级本科生）

做中国计算机科学事业的眼睛

吴佳俊　男
清华大学交叉信息研究院计算机科学
与技术（计算机科学实验班）专业
本科四年级

理想虽远，但我终有向它走近的那一天。

——题记

进入大学近4年，我时刻感受到清华人对理想的追求和对责任的担当，更感激于清华对科技、科创活动的支持和浓郁学术氛围的熏陶。我希望能够通过"科技改变世界"的理念，以课业为本，参与多样化的科研学习与社会工作，积极地和国际前沿进行学术交流，通过创造性的、有价值的科研成果为中国计算机科学事业添砖加瓦，为每个人提供更美好、幸福的生活。

学习与改变：知识积淀、多元探索

自大一入学起，我一直努力进行课程内的知识学习，这是因为我相信良好的课业成绩是科研工作的基础，更是学习态度的体现。完成课程中的各项要求也培养了科研工作所需要的踏实、认真的品质。在清华，我有幸入选由姚期智先生创立的交叉信息研究院（即"姚班"）。姚班聚集了一批对计算机科学有浓厚兴趣的同学，通过与同学的交流讨论，我在各个方面都有很多提高。本科3年，我的平均成绩依次为94.0、96.6和98.0，稳中有升，名次则保持学院第一。在后来的科研工作中，我感受到课业知识的基础扎实对于优秀科研工作的必要性。

2011年暑期，我在网易有道公司参与了中文分词的研究。随后，我来到世界知名的研究机构——微软亚洲研究院，并在其后的18个月内，和世界级学者开展合作研究。我起初的研究方向是自然语言处理，我们关注的问题是病历中的共指消解，即：如何分析病历中代词和名词的指代关系；如何找到指代相同实体的所有名词或代词。这一系统的实现能够有效帮助后期电子化病历的处理，也能起到辅助医师诊断的作用。通过努力，我们的病历共指消解系统在由麻省理工学院（MIT）举办的I2b2 Challenge上取得第一名。我参与撰写的两篇论文也随后发表，其中一篇发表在医学信息学领域排名第一的期刊JAMIA上。通过这次尝试，我发现能够通过自己的知识，为社会的一些方面做出贡献，能够为别人提供更好的生活，这更坚定了我在科研道路上学习和前行的信心。

除此之外，我也探索自己对不同领域的研究兴趣。在姚先生的倡导以及我

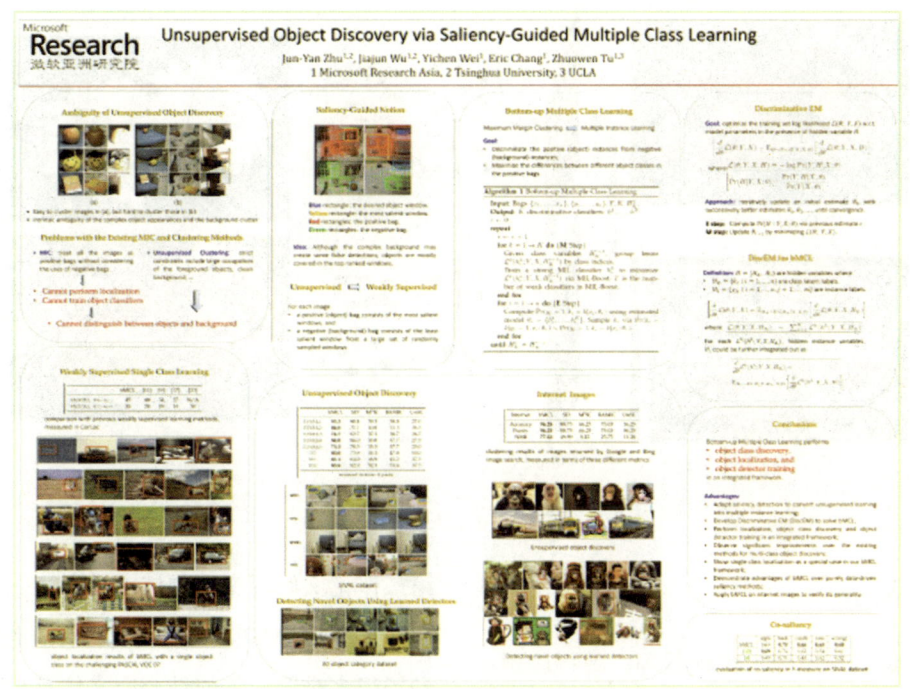

国际期刊上刊载了吴佳俊同学的科研成果

所在的交叉信息研究院的支持下,我发现自己对于交叉学科研究很感兴趣,于是我选修了经济学双学位,平均成绩为95.0。在MIT交换学习期间,我与MIT斯隆管理学院的Itai Ashlagi教授合作,开展计算机科学与经济学交叉领域的相关研究,讨论激励机制在肾脏交换网络中的应用。

2012年,我入选清华大学"科技创新、星火燎原"人才培养计划第6期。"星火"计划聚集了清华大学各个院系对于科研和科创感兴趣的同学,为大家提供了交流合作的宽广平台。在星火,我和不同专业的同学相互交流,彼此在拓宽专业视野的同时,也探索了各自的研究兴趣,也更坚定了我投身科研的决心。在2012年暑假,我和星火班的同学们前往昆山清华高新技术园区进行实践,与中国领先的软件科创企业的专业人士进行了面对面的交流和探讨;在此过程中,思维的碰撞也为我积累了很多的想法和创意,这些想法甚至在之后的学习中转化为科研工作。

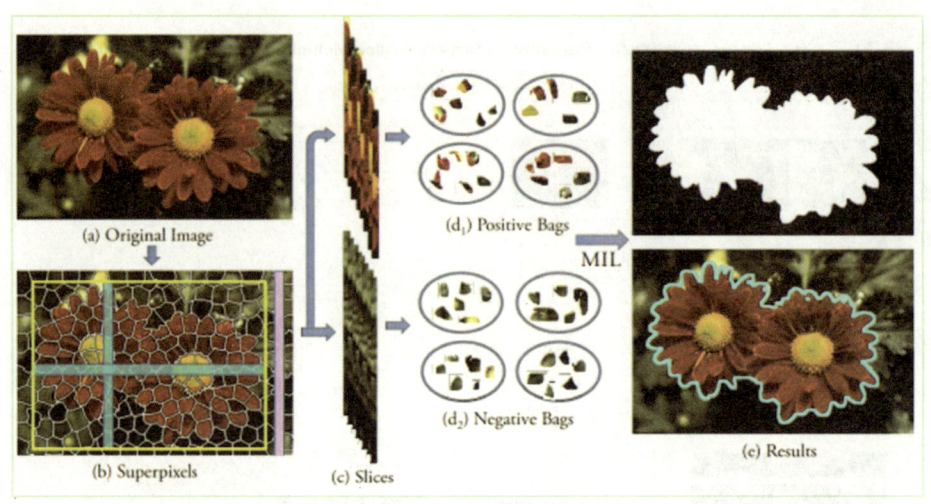

发表于CVPR 2012的科研工作展示

前行与展望：收获认同、践行理想

2011年起，我和加州大学圣地亚哥分校（UCSD）的Zhuowen Tu教授开始了两年多的合作。这段宝贵的合作经历使我领略了处于计算机科学和认知科学交汇处的计算机视觉领域的魅力及其广阔前景。因此，我最终确定计算机视觉技术为我的研究方向。

通过导师指导及自身努力，我已有一篇身为第一作者和两篇身为第二作者的论文发表在计算机视觉领域顶级会议IEEE CVPR上。CVPR在领域内得到极高认可，许多世界一流大学将两篇CVPR一作论文作为博士毕业标准。我另有一篇二作论文已提交至领域内排名第一的期刊IEEE TPAMI。这些成绩的取得也遇到了很多难题：如何结合语义信息与非监督图像分割，如何将复杂背景中的物体聚类，如何用少量的弱监督的信息来进行交互图像分割等。在解决这些问题的过程中，我也加深了对于视觉领域的了解，产生了更多创新的想法。我目前的研究工作集中于大数据动作识别、上下文信息的利用等。我们也即将把正在进行中的关于中层概念挖掘的工作投稿于TPAMI。

2013年9月至10月，我在UCSD与Tu教授开展合作研究。同年11月至12月，我访问了普林斯顿大学Jianxiong Xiao教授的实验室。这些经历都让我有机会接触到世界顶级实验室，有机会学习他们的研究方法，有机会体会位于学术前沿的研究氛围，并在此过程中我乐此不疲，更坚定了我做出更好更有影响力科研成果的信心。

今年，我作为第一作者的论文《从互联网图片中获取动作模式》被认知科学领域最好的会议（认知科学学会年会，CogSci）接受，并入选大会口头报告。我想，这也是我不懈努力，践行理想的结果。在这项研究工作中，我们研究两个动作识别的基本问题：（1）机器能否从静态图像中学习到动态信息；（2）如果可以学习的话，哪些动作是可以从静态图像中学习的。例如，眨眼等动作是不太可能从静态图像中由机器学习得到的。因为静态图片的瞬时性，往往只能捕捉到人的眼睛闭着或是开着这两种状态之一，却很难捕获眨眼动作本身。与之相对的，跑步等动作却很容易学习到。我们相信，研究这些基本问题，能够从计算机科学和认知科学两个方向，从计算和感知两个方面，促进人们对于静态图片中动态信息的理解。

尤其值得一提的是，这篇论文是在Tu教授指导下，我与其他两位姚班的本科生一起完成的。无论是想法的提出与

同学间讨论问题时的场景

整理、实验的设计与执行，还是论文的撰写与修改，其中的最主要部分都是由我组织其他两位同学一起完成的。这是非常有益且特殊的经历。我想这同时也很好地显示了，在清华和学院鼓励学生自主科技创新的开放环境下，本科生也可以做出很好的科研成果，并在最好的会议上发表。

过去3年，以课业为本，从计算机科学到交叉学科，从经济学到认知科学，我将兴趣与科技发展趋势和国家社会需要相结合，探索并迈出了科研道路上的第一步。这与清华大学、交叉信息学院的培养始终分不开，我希望在未来

能够响应清华"学术大师"的培养目标，完成有价值、有影响力的科研成果，为中国计算机科学事业作出贡献，也让每个人的生活都更美好、更幸福。

清华"自强不息，厚德载物"的校训、姚先生"虽千万人吾往矣"的理想主义风骨，以及"星火"计划教会我的进取精神，始终激励着我为理想不懈奋斗。理想虽远，但我终有向它走近的那一天。

 专家点评 ZHUANJIA DIANPING

> 吴佳俊同学成绩非常优秀，他在清华学堂的计算机班每年都是成绩第一。不过他不只是一个好学生，他也非常关心从事社会和文化的活动。他对于清华学堂班里的学生也有很大的领头作用，让大家对于社会和文化的事也很注意。他的科研能力非常杰出。除了计算机视觉以外，他对于计算机领域的交叉领域也有研究。据我看，他本科毕业的时候，他在科研上的成绩可以当作计算机博士的一个成就。我想我们要有点自信，即便在我们现在的教育系统之下，我们每年都会有像吴佳俊同学这样优秀、这样顶尖的同学。我觉得他们是我们中国未来的希望，我们比起世界上任何地方产生的优秀年轻人都绝对不逊色。
>
> 清华大学交叉信息研究院院长、图灵奖得主：姚期智

且将新火趁年华

冷晓琨
哈尔滨工业大学计算机科学与技术学院
2011级本科生

博学笃志，精益求精，大三的他已经发表文章4篇，申请专利6项；

拼搏进取，砥砺前行，凭着那股不服输的劲头，他斩获了一系列中外机器人大赛的冠军；

着眼大局，坚守信念，他放弃春节陪伴家人的时间，四进央视，让机器人在春晚舞台上华美绽放；

追求卓越，勇攀高峰，他代表团队打破哈工大超级计算大赛零的纪录；

潜心科研，打破垄断，他带领团队研发的小型机器人一举打破国外公司对中国市场的垄断；

规格严格，功夫到家，他只是千千万万哈工大人的一个缩影，他就是来自哈尔滨工业大学计算机学院的冷晓琨。

——题记

在哈工大规格严格、功夫到家的精神引领下，3年来，我刻苦钻研，在科学的道路上勇往直前。自2011年入学至今，我已经发表EI检索文章4篇，申请获得国家发明专利1项（学生第一作者），实用新型专利5项（学生第一作者3项）。在机器人研究方面，分别获得全国机器人锦标赛（FIRA）及国际仿人机器人奥林匹克（IHOG）大赛一等奖、ASRTU中俄工科联盟机器人大赛3VS3足球组冠军。2011年，作为队长，我带领机器人舞蹈团队登上了龙年央视春晚的舞台。

曾经获得过亚洲超级计算机大赛Prize of Excellence奖（全球84支队伍中排名第21位）、中国人工智能学会青年论坛优秀青年科技成果奖、中国计算机学会百优大学生奖、哈工大创新创业大赛二等奖（第二名）、国家开发银行创新奖学金，以及校级优秀学生干部标兵、优秀团员等多个奖项。众多的荣誉与肯定，砥砺我不断前进，再攀新的高峰。

世上无难事，只要肯攀登

高中时我就一直向往哈工大机器人的研究，在获得全国中小学电脑机器人大赛亚军之后，我放弃了中国科技大学的保送资格，毅然选择北国冰城哈工大，继续我的机器人研究梦想。

刚进入大一，我便迫不及待地给机器人专家洪炳熔教授发E-mail，表达了跟随洪教授研究机器人方向的愿望。起初洪教授对我这初出茅庐的小伙子并不在意，只是勉励我先学好专业知识。经不住我的再三请求，最终同意我进入研究室学习。然而，当时还在二校区上课的我需要每天利用课余时间搭乘公交赶往一校区进行机器人编程研究。从军训结束到搬往一区宿舍，从二校区

在实验室里进行分析研究

B02公寓到一校区的综合楼，在校车上度过课余时间的300多个日子里，我见证了哈尔滨的春夏秋冬。早上在室友酣睡之时，我便已在赶往一校区的路上；晚上9点最后一趟公交车抵达二校区后，我才拖着疲惫的身体回到宿舍。

大学3年，从开始时给做项目的学长打杂、整理实验台，到帮学长承担一部分任务，再到如今可以独立带领团队，看不到的是我在实验室默默流下的汗水，收获的是在科研路途上的成长。功夫不负有心人，3年来，我一共发表文章4篇，均被EI检索。

再接再厉争佳绩，攻克难关砺自强

大一时，中俄工科大学联盟机器人大赛（ASRTU）在哈工大举办。临危受命的我代表哈工大参加比赛，经过重重角逐，击败了北理工、鲍曼莫斯科大学等数十所国内外知名高校，一举夺得机器人足球冠军。而正是这一次经历，让我在研究室中崭露头角，也给我今后对机器人的研究提供了莫大的动力。

中俄机器人大赛之后，我在研究中心逐渐得到老师和学长的认可，并

和自己的科研成果合影留念

被委以创新基地负责人的重任。当上队长后我并没有故步自封，反而带头认真刻苦钻研问题，开发新的技术，在整个实验室掀起了一阵学习的热潮。许多师兄、学长也愿意在我的带领下，备战全国机器人锦标赛（FIRA）及国际仿人机器人大赛（IHOG）。

然而这一次国际竞赛没有像之前那样一帆风顺。在初赛中，哈工大传统优势项目——"机器人举重"被国外队伍利用规则漏洞，使得他们的举重磅数大幅反超哈工大水平。这个问题着实难住了我：如果在这个时候放弃原来的设计，重新来过，不仅要冒很大的风险，而且极有可能连亚军都得不到；可是如果不放弃，团队冲击冠军的希望就会在

向团中央书记傅振邦同志介绍展示研发项目

规则漏洞中白白让给了别人。这可怎么办？我在心里反复权衡两者的利弊。改！为了大家一年的辛苦不白白付出，我们必须冒险。在决赛前3天的紧要关头，我和团队毅然抛弃了原有设计，大胆采用"低重心反膝"设计，重新制作举重机器人。从设计、组装，到编码、调试，我们用惊人的速度和极少的出错率如期完成了任务，达到了预期的标准，最终赢得举重项目冠军。

有了比赛的成果，我依然不忘对成果进行总结。我和团队同学一共申请国家发明专利1项，实用新型专利5项。也正是因为在机器人专业方面研究的努力，在中国人工智能学会青年论坛上，我成为本届唯一一位获得优秀科技成果奖的学生。

宣传工大挑重任，春晚舞台异彩彰

作为哈工大机器人创新基地负责人，在上任之初就接到一个极其重大的任务——冲击春晚，宣传哈工大。但由于前一届的老队员相继毕业出国，这个任务几乎全部落在了我们几位核心成员身上。在此紧要关头，我再次迎难而上，与其他几位同学协作攻关，充分发挥每个人的优势。终于，在准备录像的当天凌晨完成了机器人的编舞工作。

之后，我和机器人团队4次前往北京，成功进驻春晚。虽然连续多日的劳累使同学发烧住院，团圆的节日却无法与家人共度，但我们深知肩负重任，毫不退缩，在克服重重困难后终于在千万中国人的除夕夜中舞出了哈工大的精神，圆满完成了冲击春晚、宣传哈工大的任务！走下舞台，我们紧紧拥抱在一起，流下激动的泪水；面对镜头，一句"我上春晚了"喊出了哈工大人的骄傲。

回到母校后，机器人团队受到了王树权书记、张洪涛副校长的亲切接见。张洪涛校长亲切地对我说："大一便能登上春晚，真是不简单。"

科技创新引风潮，饮水思源再起航

载誉归来后，我和团队并未在鲜花与掌声中迷失。我清醒地认识到，虽然自己有幸拥有一段别人羡慕的经历，但春晚已经成为过去时，自己应该昂头向前看。

当年登上春晚舞台的机器人硬件系统来自于国外，实验室只是开发了软件系统，这曾经引起过很大争议。面对着国外机器人在国内市场的垄断，我和团队毅然决定完全自主研发小型机器人。

不熟悉硬件就去请教学长，机械结构不确定便请求机械专业的老师指导，一年半的时间我和团队紧密合作，终于研发出了性能完全优于国外的小型仿人机器人。目前已经有50余台出自我们团队的机器人应用于大学实验室以及中小学科普基地。

超级计算机对一个本科学生来说是一个神秘而又庞大的技术。当得知需要组织队伍代表哈工大第一次参加亚洲超级计算机大赛时，我和几位同学有些手足无措。3个月的时间，和美国普渡大学、新加坡国立大学等国内外著名高校同台竞技对我们来说是个很大的挑战。我们5名同学在没有任何超级计算基础

和团队自主研发的小型仿人机器人

知识的情况下，每晚泡在实验室研究相关资料，有时为了得到一个数据，计算机需要连续运行十几个小时，我们几位同学便轮流看着计算机。寒假期间，团队同学仅仅休息了10天便回到实验室继续研究。最终在参赛的82支队伍里，我们获得了第21名，与新加坡国立大学等10所高校一同获得了Excellence奖。

因为自己在计算机方面的努力，在刚刚结束的中国计算机大会上，我获得了由图灵奖得主、谷歌副总裁Verton. Cerf亲自颁发的中国计算机学会百名优秀大学生奖。

在平凡的学习生活中默默无闻、踏踏实实地奉献着自己的青春与热情；勤求博采，虚心向学，我已走在路上，知行合一，我定将履行这份诺言，一如既往地用努力去继续践行这份诺言！

专家点评 ZHUANJIA DIANPING

> 泠晓琨同学在实验室3年以来，尊敬师长，团结同学。作为队长，带领创新基地成员克服重重困难，在历届机器人大赛中为哈工大夺得了多项冠军。该同学品学兼优，具备良好的组织协调能力，无论在学生工作还是实验室方面，都能够充分调动同学们的积极性；具有坚实宽广的理论知识，以及独立科研的能力，在机器人领域取得了一定的成果，是名不可多得、值得在研究生期间继续培养的优秀学生。
>
> 哈工大多智能体机器人研究中心教授：朴松昊

在创新的路上风雨兼程

钟 麒
浙江工业大学机械工程学院
2010级本科生

不忘初心，方得始终。选择了科研道路，虽风雨兼程，却让我累得无比快乐！

——题记

钟麒，男，汉族，1991年11月生，中共党员，于2010年进入浙江工业大学机械工程学院机械工程及自动化专业学习。获国家奖学金特别评审奖、国家级奖学金；全国大学生机械创新设计大赛二等奖（负责人）、浙江省大学生机械创新设计大赛一等奖（负责人）、省高等数学竞赛一等奖、省大学生物理竞赛二等奖；浙江省杭州市青少年科学院院士、浙江省新世纪人才学院第16期学员；以本人为第一发明人的2项发明专利、11项实用新型专利、1项外观专利，共计14项专利被授权，5项发明专利进入实审。

科研赤子，工科报国

1991年，我出生在杭州市余杭区的一个普通家庭。在我的成长过程中，父母亲给了我很大的影响，我现在所能记得的父亲所有的教诲当中，印象最深的一句话就是："做个有用的工科人，报效祖国"。也许是出于天赋，也许是出于童心，儿时的我早早地就表现出了对机械设计方面的热爱。那时候，每当看到新奇的玩具时，我都会一个劲儿地倒腾那些小玩具，玩上很久，想上很久，然后就会自言自语地说："长大后，我也要设计这些玩具"。曾经有人说过，理想是生命的动力！既然选择了心中所仪，那就需要不遗余力。当我第一次接触到机械，就深深迷恋上了这门神奇学科。与机器作伴，沉浸于文献大海之中的创新之旅，也许是枯燥辛苦的，但我一直踏踏实实、认认真真地为自己心中的那份理想和信念而奋斗拼搏。一路走来并不轻松，正如有句话所说的那样："成功的花，人们惊羡她现时的明艳！然而当初她的芽儿，渗透了奋斗的泪泉，洒遍了牺牲的血雨"。

大一刚进校时，我就一直相信"每一个我不满意的现在，都有一个我不努力的曾经"。在别的同学悠然自在地享受大学时光时，我便安静地在图书馆学习、翻看各类专业书籍。我始终坚信"天道酬勤"，量的累积最终会达到质的飞跃。2013年9月，我终于等到了质的飞跃。因本科期间优异的综合成绩，我成功被保送浙江大学机械电子工程专业，师从中国工程院院士杨华勇老师。在今后的深造中，我将投身于机电方向的研究事业，用自己的技术为祖国的科技大业贡献一份力量。2013年10月，我获得国家奖学金特别评审奖。国家奖学金特别评审奖是在所有获得国家级奖学金的学生里优中选优，最终挑选出10位学生，可谓是浙江省大学生的最高荣誉。

风雨兼程参赛路
无悔付出终回报

2012年7月，我自行组队参加了"全国大学生机械创新设计大赛"，该赛事是大学生机械类最高级别的赛事，我们的项目是《可转弯式四足步行儿童娱乐机械马》。通往成功的道路从来就不是一帆风顺的。正当我和队友踌躇满志地准备将方案初稿提交学院时，却出人意料地被泼了一盆冷水，指导老师以功能不够完善为由，否定了我们的方案。大伙的积极性在备赛初期就受到了极大的打击，甚至有队友已经灰心丧气准备放弃。在队伍面临解散的关头，我和两位核心队员窝在实验室里优化

我在第九届全国大学生机械创新设计大赛上的参赛作品

我在浙江省机械设计大赛决赛中为评委们讲解作品

方案，完善功能，终于赶在最后时刻通过学院的审核。而正是我这种坚持不懈的精神，鼓舞了全队，也让我们在千钧一发之际把握住了最后的机会。

学院初审只是我们的第一道关卡，真正最具有挑战性的是实物加工制作阶段。在2012年2月至6月这4个月中，我们几乎每天过着以实验室为"家"的生活。在"家"里，我们不分白昼，等到肚子饿了，才发现已经过了饭点，等到肚子又饿了，才发觉实验室外面已经天黑；等到眼皮子打架了，才知道已经凌晨一两点了；回到寝室，为了不打扰已经睡着的室友，悄悄地和衣睡下。为了让团队保持高效的战斗力，我让队员们轮休，而自己却一直奋战在科研的最前线。终于，高强度的工作让我垮在了实验室。我发了39.5℃的高烧，校医要求我必须打完点滴回寝室休息。可是当我刚插针的时候，接到队友的电话，被告知零件的加工出了故障。我毅然拔掉针管，悄悄地溜出校医院赶往实验室。实验室忙碌的工作让我无暇顾及自己的身体，也忘记了医生的叮嘱，39.5℃的高烧就这样硬生生地被我扛了下去。经过几个月的奋战，实物制作终于大功告成。这个过程中，作为队长，我及时发现了队内出现的小问题，并主动与队员沟通，向他们表达了我追求完美的想法，也聆听了队员们的心声。及时的沟通与互相的理解让团队凝聚成了一股强大的力量，向着大家共同的目标前进。最终，我们的作品在浙江省的实物评审环节脱颖而出，在全省1000多个参赛项目中获得全省第二名的好成绩！经过激烈的竞争，我们的项目最终获得浙江省一等奖、全国二等奖的优异成绩！

我坚持用实战经验来磨练科研能力。在一次次的赛事中，我不断累积经验，总结得失，为下一场比赛做好充分准备。2012年，作为队长，我参与校企合作项目"电驱动管道爬行器"。该项目能有效地解决大坡度情况下，石油管道铺设的难题，能为工程节省大量时间，能为国家节约大量资源。每一次的项目设计，过程都是艰辛的，但在这样的校企合作的科研项目中，我深切地感受到了科技是第一生产力这一真理，也进一步激发了自己在科研这条路上走得更远的决心。

灵感来自生活，科技服务生活

我深知，科技的灵感应该来源于生活，并最终服务于生活。而我也一直秉承着这种理念。在我申报的32项国家专

我在上海交大SMC杯中国名校创新设计大赛颁奖现场留影

利中，绝大多数的专利都源自于生活。当我发现普通爬梯存在难搬运的问题时，我发明了折叠式爬梯；当我发现普通裤架存放率较低时，我发明了横向可伸缩裤架和纵向可伸缩裤架；当我发现浴室移动门占据较大空间时，我发明了四扇折叠门……

记得有一次外出，我在公共厕所门口遇到一对老夫妇。大爷是残疾人士，坐在轮椅上，由大妈推着行动。看得出大爷是想进去上厕所，但是大妈又不方便陪同大爷进去。我看到此番情景，就主动上前帮助大爷。虽然有了我的帮助，但是大爷由于腿脚不便，完成如厕的过程仍然十分艰难。事后他对我感叹：如果能有一种发明可以帮助他们完成如厕的过程，那该是一项多么伟大的创新啊。突然我就受到启发，为了捕捉到脑中的灵感，我立马赶回实验室，将脑海中能帮助残疾人完成如厕过程的发明创造绘在图纸上，并完善了它的功能，申报了国家专利，并顺利得到授权。这样的经历让我慢慢变成了生活中的有心者，善于发现一些有待改进的地方，并将自己所学的专业知识运用到解决这些实际问题当中。

以宽阔的眼界来提高科研素养

由于我在科技方面的优异表现，大二时，我成为学院2010级学生中唯一赴上海交大进行交流的学生，并且参加了第二届中国名校创新设计大赛，见识了名校的风采，感受到了更前沿的学科信息，让我更加坚定自己的科技创新之路。

大三暑假，我成为我院2010级学生中唯一获全额资助赴美进行学习交流的学生。在美国学习期间，我见识到了Mr Martin教授将其研发的新型太阳能系统运用到自己家庭，解决了家庭所有的用电问题。他的发明逐渐得到周边群众的认可，已经逐渐被Dekalb当地的居民用在自己家中。当时我就想，如果我的发明创造也能得到社会的认可，为人民生活的改善、社会的进步作出自己的贡献，那该是一件多么值得骄傲的事情！在这次交流中，我再一次体会到了科技改变生活的真理，也深深感受到了在工科的一些领域，我们国家与美国存在的差距，这更加坚定了我"工科报国"的理想，我要用自己所学，为国家科技创新的进步作出自己的一份贡献，让发达国家在一些技术领域里不再为所欲为地进行技术垄断，为中华民族伟大复兴的"中国梦"贡献自己的力量。

在感恩和奉献中不断提升自我

我一直牢记，作为一名学生党员，要积极发挥党员的先锋模范带头作用，自己争当先锋的同时，要努力带动周围的同学一起进步。

2012年7月，刚从全国"机械创新设计大赛"赛场上回来，我就为同学们作了一场精心准备的发明创造报告会，报告会上我总结出赛事经验、发明创新方法、专利书写技巧等，与大家分享。我想通过我的努力让周围同学都能真实地感受到"世界因创造而精彩，发明就在我们身边"。

"路漫漫其修远兮，吾将上下而求索"，我坚信科研之路永无止尽，我相信只有脚踏实地地走好每一步，才能走出属于自己绚丽多彩的人生！

专家点评 ZHUANJIA DIANPING

该生在浙江工业大学求学期间，思想上进，学习目标端正，勤奋刻苦，在认真学习课程的同时，积极参与各类学科竞赛，获多项国家级、省级荣誉。该学生思维活跃，敏于观察，勤于实践，执著创新，他所获得授权的20余项专利中，创意大多源自生活，成果则来自创新实践，对生活的留心和对科研的热爱，让他能够及时地将所学化为所用。该生还具备较强的组织策划能力，参与策划组织了省首届科技竞赛与创新人才培养论坛，组织了第十届省机械创新设计大赛参赛团队。更难能可贵的是，该生还积极投身于社会公益事业，曾赴偏远山区支教。总之，该生是一个品学兼优、科研能力较强、综合素质较高、发展全面的学生。

浙江工业大学机械工程学院院长、博士生导师：计时鸣

路在何方——星火激情燃希望

张哲野
华中科技大学化学与化工学院
2010级本科生

兴趣是最好的老师,我一直坚信这一点。"不做实验的时候总是没什么精神,呵欠连天。"

——题记

在没有接触石墨烯这种神奇的化学材料之前,我多次尝试过其他的领域,但是总觉得差了点什么。一次偶然的机会看到英国曼彻斯特大学两位科学家因制备出具有众多优异性能的石墨烯材料而获得了2010年诺贝尔物理学奖,这激起了我的兴趣,如同找到了一个改变世界的"杠杆",我像哥伦布发现新大陆一样找到了钻研的激情。

随后,大二上学期我便进入了"青年千人"王帅教授的课题组,从事石墨烯基材料的相关研究。

学术的生活是枯燥的。随着时间的流逝,当初跟我一起进入化学创新基地的40个学生,陆陆续续地放弃了。到最后,真正留下来的只剩下我一个人。这条路并不容易走,我也能理解其他人的选择,拿不出成绩,成果出得慢,都让人浮躁不安。除了睡觉,我基本就在实验室待着,晚上11点实验室关门,回到寝室便打开电脑戴上耳机继续看文献;第二天起得稍晚,室友们都已出门。

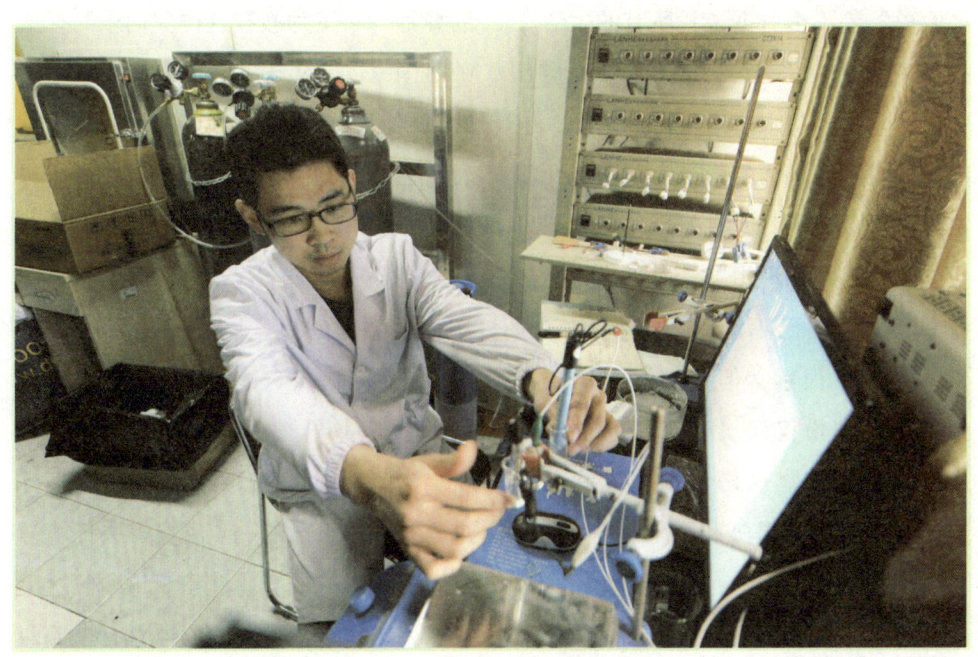

在实验室里进行实验研究

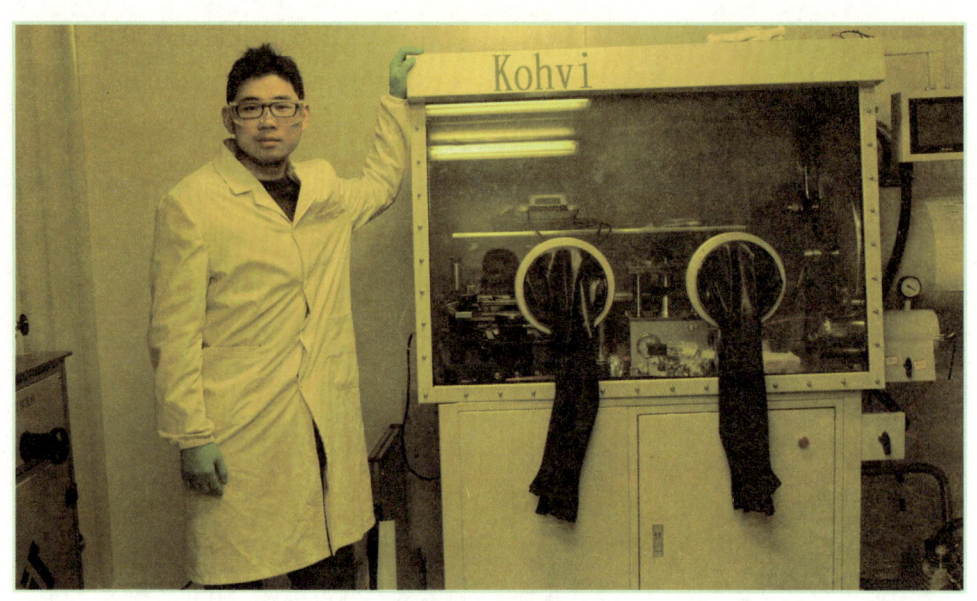

和科研成果合影留念

"实验"差不多占据了我所有的生活。社交网站的状态上，几乎都和实验有关；化学院门口六边形的窗户装饰，也能让我找到石墨烯的影子；甚至连女朋友也顾不上交了。所有的一切努力都只是出于"兴趣和理想"，也正是为此，我总是激励自己不断前进。实验室的生活很苦、很累，但我却慢慢地在其中找到了那份仅仅属于自己的快乐和成就，并且依靠这份快乐和成就来给自己提供前进的勇气和力量。

春风化雨：良师情谊终难忘

我在科研上取得的成绩，有赖于我的导师——王帅教授这位"伯乐"。王帅是国家"青年千人计划"特聘教授，2011年回国前，他"在新加坡国立大学时所在的课题组是世界上做石墨烯研究做得最好的"。王帅刚被聘到华科，我立马登门拜访了这个"70后"学者。让我没想到的是，刚一见面，聊了一次，王帅就撂下一句话："实验室就给你做了。"

实验室创立阶段，仪器设备都不齐全，我利用自己的一点私交，去环境学院、材料学院的实验室参观，顺便这里要点儿、那里借点儿实验器材，东挪西凑地完成了王帅教授布置的课题。对我来讲，王帅教授像是我的"亲人"，实验室则像个"家"，能找到一种归宿感，离心机、光化学反应仪、手套箱……这些陪伴着我日日夜夜的仪器就像是我的"家具"一样。我是实验室年龄最小的，却算得上资历最深的，在这个拥有20多个硕士、博士研究生的实验室中，一半人的项目我都有参与。

天道酬勤：潜心学术有专攻

天道酬勤。经过不断努力和拼搏，我在学术上取得了不错的成绩。目前以第一作者（含并列一作）身份在 *Advanced Energy Materials*（2012年影响因子达10.043）、*ACS Applied Materials & Interfaces*（2012年影响因子为5.008）、Nature旗下期刊 *Scientific Reports* 以及《化学通报》等国内外重要刊物上相继发表SCI论文5篇，同时有3篇论文正在国际权威期刊上投稿；在此期间，我还相继申请了8项国家发明专利。除了发表学术论文之外，还带领团队参加第十三届"挑战杯"全国大学生课外学术科技竞赛，获得全国二等奖；在第九届湖北省"挑战杯"竞赛中获一等奖。在华中科技大学"启明之星——科学研究之星"的奖项空缺一年之后，2013年我得到了该项荣誉。

其实，在取得成绩的背后，我也付出了很多的努力。"他对科研非常狂热，从骨子里爱石墨烯研究。"我的同学常常这样评价我。为了能够潜心学术，不打扰楼管阿姨和室友休息，我在晚归时便挪到化学楼的一个仅6平米的办公室休息，在地上随意铺些垫絮，和衣躺下，这就是一夜。石墨烯让我"魂牵梦萦"，即使一个人时，打水、走路时甚至睡前，脑子里都是石墨烯。对石墨烯的研究，我有着自己的思考。碳是人体的基本构成元素，石墨烯是由单层碳原子构成的，大自然中又富含碳，所以我认为：人最终的本源是要回归大自然。

展望未来：励志报国梦飞扬

大学的生活是一个万花筒，丰富多彩，绚丽多姿。在学习和科研实践之余，我也会经常组织或参加一些课外活动，如定向越野大赛、篮球赛等。锻炼身体是必要的，尤其是做科研的人，需要有好的身体素质。因为生活中多了石墨烯的存在，也让我多了一份责任和使命。源于这份科研的激情，让我对现在的生活充满了希望，我相信以后的科研即使会面对更多的挫折和失败，也一定会敢于坦然面对。

斯坦福大学、伯克利大学是我同窗心中的梦想之地，也是身边许多人一直建议他去的地方。但是我不会为了去那些名校而冒可能不能继续做石墨烯研究的风险。"路漫漫其修远兮，吾将上下而求索"。成绩仅仅代表过去，作为一名大四的学生，我认为自己无论在学术科研能力上还是实践经验方面都还远远不足，仍然需要通过自己的辛勤努力和拼搏来不断提高。我很喜欢一句话："当你不知道去做什么的时候，请不断去经历；当你发现了自己兴趣的所在，请一定要坚持下去，相信成功就在不远处。"

我想，除了坚持不懈的努力，怀揣一颗感恩而敬畏的心面对以后的科研工作也是很重要的，应该对自己的导师和前辈们心存感激，不断提升自己，将所学的知识用来回报祖国。唯有更加努力，才不会辜负自己的未来。

 专家点评 ZHUANJIA DIANPING

张哲野同学从大二开始便进入老师课题组，从事石墨烯材料的相关研究工作。平时除了上课和睡觉，其余大部分时间他都会待在实验室，有时甚至一连几天都在实验室做通宵实验。对于过去的三年，他能够一直坚持下来，保持对科研的热情，对于作为本科生的他来说是难能可贵的。这次他能够荣获第九届中国青少年科技创新奖对他是一种极大的鼓励，同时也增加了一份责任，相信他能够继续对石墨烯这种材料充满着激情，开辟出属于自己的一片天地！

华中科技大学"青年千人计划"教授：王　帅

踏实走好每一步

胡 媛（女）
青海大学计算机技术与应用系
2010级本科生

我相信，越努力越幸运。

——题记

我是名简单的女生,来自湖北黄冈,是青海大学计算机科学与技术系的一名大四学生。每走一步,我都走得踏实。我的科研心路很简单,但很深刻。

青海大学的生活

在校期间,我的生活比较简单、平淡。很欣慰的是,我很喜欢也很享受这种简单的生活。我喜欢持续很长时间干某一件事,比如坐下来几个小时画画,10个小时的编程,几个小时地看插画,围着操场跑10圈。我喜欢早起,因为早晨的空气真的很清新。这些是我生活的乐趣。我的学习心态在这些乐趣中变得更加沉稳。

在这里不得不提的是:进步来自于改正错误。我的专业知识一半来源于帮助身边的同学修改代码,以及帮助外系学生做一些数据管理系统。大学期间,做过的系统不下于10个。各个院系的计算机类基础课的期末大作业,我都做过。平时自己的实验课上,至少有一半以上的时间是帮助同学们改实验,或者

应老师要求,给同学讲解我的算法。我觉得创新活动中真正重要的是对大学期间知识的深入掌握,缺少知识基础谈何创新?正是这样扎实的学习习惯,让我有了好的基础,能在之后的学习中走向科研、走向创新。下面我选一些外出参赛学习的活动来简单地介绍自己的收获和感想。

西安之行
(全国大学生计算机设计大赛)

2013年全国大学生计算机设计大赛由各省筛选后,进入西北赛区决赛。当时临时接到通知,我们当天晚上10点赶到西安,准备第二天的答辩。答辩现场是封闭的,每个参赛作品单独答辩。可以说,在我进去答辩之前很紧张。很不凑巧的是,我们自己电脑上完全显示无误的PPT,竟然在答辩现场的机器上显示效果烂到爆点(背景全黑)。在座的评委专家很和蔼地说了句"没事,不紧张,字体还看得见,你慢慢讲就好"。真的,当时的心情一下子平静下来,认真地讲完了整个PPT。虽然PPT效果不好,但是平静的心让我清晰地表达完自己的观点。最后拿到了西北赛区二等奖,觉得比较欣慰。从这次突发状况之

后，在自己后期的各种答辩中，我都能够很好地控制自己的紧张心情，有条不紊地进行答辩。

苏州之行（第13届"挑战杯"全国大学生课外学术科技作品竞赛）

2013年10月12日作为 *Heap Adjustment Algorithms Based on Complete Binary Tree Structure* 参赛作品的负责人，我代表青海省高校受邀参加了第13届"挑战杯"全国大学生课外学术科技作品竞赛赛事的现场答辩。在3天的现场展示和交互答辩之后，最终取得了全国二等奖的优秀成绩。答辩期间，青海省团委书记等人也来现场给我们鼓励。

在整个挑战杯的前前后后，我真切地体会到了：坚持做自己的，不急不躁。一开始只是抱着"打酱油"的心态参与，但是在准备材料的过程中，我们的材料被退回很多次，而且每次都已经装订好了。当时的确很烦躁，但是最后我还是静下心来，不紧不慢地整理文档，既然开始了就没有理由放弃，难道仅仅因为重复整理材料么？参赛期间，

上面几幅图片是胡媛同学参加多次科创活动的记录

参加第13届"挑战杯"大赛时留影

在会场见到各高校的作品，真切地意识到，比起那些优秀的大学生，我们真的很渺小。即使如此，我还是会选择努力做好自己，不能因为别人的优秀，而放弃了努力让自己变得优秀的初衷。

长沙之行（中国计算机大会&CCF优秀大学生颁奖典礼）

很幸运，我成为2013年的"CCF优秀大学生"其中一员。2013年度"CCF优秀大学生奖"颁奖大会于2013年10月24日在长沙圣爵菲斯酒店国际会议厅隆重举行，来自全国55所高校的99名获奖大学生参加颁奖大会。颁奖大会由CCF秘书长杜子德主持，CCF理事长郑纬民教授、2004年图灵奖获得者Vint Cerf教授在会上发表讲话。颁奖仪式邀请了CCF副理事长陈左宁院士、CCF副理事长吕建教授、CCF副理事长王恩东先生、ACM CEO John White、IEEE CS主席David Alan Grier、微软大中华区开发工具及平台事业部总经理Mark Taylor及"CCF百名优秀大学生奖"评审工作组成员何炎祥教授、臧根林博士和吴枫研究员等嘉宾出席。

颁奖晚会上，作为唯一学生代表，我发表了获奖感言：我很感谢CCF给予我这个机会，也非常荣幸在这里代表学生发言……我的能力没有在座的各位那么棒，但是我会保持一颗虔诚的心，一直努力，一直坚持下去，让自己更优秀。我爱CCF，我爱青海，我爱青海大学。

继颁奖晚会之后，2013年10月25日中午，CCF召开西部高校师生座谈会，座谈会上邀请来自西部高校的老师和同学一同座谈如何充分利用学会资源，发展西部高校计算机教育，提升教师教学、研究水平。作为青海大学的代表，我有幸参与了这次座谈会。

北京之行（第四届"蓝桥杯"全国软件专业人才与创业大赛）

因为获得第四届"蓝桥杯"全国软件专业人才与创业大赛java程序设计本科A组青海省一等奖，我取得了进入北京决赛的机会。在北京参赛期间，来自各校的IT编程高手，真的是让我自愧不如，让以前自我感觉良好的我，回校后努力学习更多的算法。其实蓝桥杯大赛，我参加过两届：获得了2012年5月第三届"蓝桥杯"全国软件专业人才与创业大赛C/C++程序设计本科A组青海省三等奖。虽然第三届获得的奖次不好，但是我很乐意参与。犹记得，为了准备第三届的蓝桥杯，寒假在家，晚上写算法。写着写着就忘记了时间，到了第二天早上6点多的时候，妈妈进来房间说："起这么早啊，不多睡会。"我下意识地回了句："嗯呢，睡不着。"其实，我一夜没睡，只是热切地希望再写出一个算法，因为每次成功地写出算法的那种感觉真好。这种积极的热情真的给我带来了很大的动力，同时也让我收获很多。

北京之行（可追溯系统——养殖前端设计）

2013年9月，学校公布了推研的排名最终版，我以全校年级第一名的资格，被推送为清华大学的研究生，并很荣幸地成为清华大学教授、青海大学计算系主任史元春老师的研究生。2014年2月，我前往清华进行毕业设计，参与青海省牧科院、清华大学计算机系、青海大学的合作项目《青海省兴海县河卡镇有机畜牧业可追溯系统研发》，负责可追溯系统的养殖环节信息化的前端设计。期间，我和陶品老师两人为了设计出更好的电子耳标来降低掉标率、抗干扰，我们拜访过很多做RFID的公司，与各位耳标设计者交流。同时，我们采用了RFID取代现存的二维图像标识。在这期间我们的实验先后用过3个UHF一体机和3个天线。

河南蒙古族自治县之行（追溯系统应用的实地调研）

2014年2月28日至3月2日，随同清华4位老师前往青海河南县，与牧科院以及青海大学的老师碰头，一起开始追溯系统的实地应用调研。调研期间我们去了河南蒙古族自治县养殖场专业合作社,分别了解了牲畜入栏和耳标问题,同时由技术人员给我们展示了打标的操作过程,后续去屠宰场调研了解屠宰场加工的流程,最后了解数据服务器终端的运行情况以及操作人员的需求。

这些成绩的取得,离不开青海大学计算机系老师的关心与培养,也来源于自身的踏实努力和坚持。这些经历让自己变得更淡定,也更谦虚、积极、不拖沓。

我坚信,人生越努力会越幸运。

专家点评 ZHUANJIA DIANPING

胡娓同学自2010年进入青海大学以来,品学兼优、性格开朗、热爱生活,是一名具有良好的行为习惯、学习习惯和生活习惯的优秀大学生。平时的生活中,性格沉静,待人接物稳重大方,上进心强,刻苦钻研,勇于向新的高度挑战。她除了学好计算机本专业要求的书本知识,还利用课余时间博览群书,通过广泛的学习和实践,培养了科技前瞻、团队合作、自主创新、独立思考处理问题等能力,在学校期间多次获得科技创新方面的奖项,在科研方面发表两篇Ei论文,并凭借优异的成绩,推送清华大学研究生。预祝胡娓同学取得更大的成功!

青海大学计算机系副主任:王晓英

好奇 + 执著 = 科海拾贝

王 野
第二军医大学学员旅临床医学专业
2009级本科生

> 强烈的好奇心和百折不回的执著让我有幸在生命科学的海洋边拾到一枚多彩的贝壳，我欢呼雀跃，不仅为了贝壳，更为了科学的美丽。

——题记

好奇是我一直以来的特点。小时候，为了弄清蚂蚁如何将面包渣搬到洞穴里，我会蹲在地上连续观察几个小时而不觉腿脚酸麻。中学时代，各种物理和化学现象更是让我如痴如醉，我逐渐萌生了在家中建立一个小实验室的想法。开始，父母并不同意，但最终还是拗不过我强烈的愿望，我的小实验室由小到大，逐渐"占领"了家里的整个阳台。

开始时的实验还谈不上研究，只是为了好玩儿，开心地看着各种药品互相反应。记忆中虽然也发生过小爆炸、氯气的轻度中毒，但更多的是通过实验发现的一些有趣的、不能用课本上的理论解释的现象，还发现了一些小的规律。于是，我开始进行更为系统的实验，同时也从单一的化学实验延伸到生物学的实验。从初二到高二，4年多的时间里，我先后进行了霉菌固体培养基配方的研制、硫酸铜的性质研究、固相共热法卤族元素单质制备等相关实验。实验中，我意外得到了一种黄褐色的固体颗粒，当时并不知道是什么，只是将这个现象详细地记录下来，到了大学，学会了查文献，才明白当时得到的应该就是纳米尺寸或微米尺寸的氧化亚铜，这也才有了我大学阶段的继续研究。

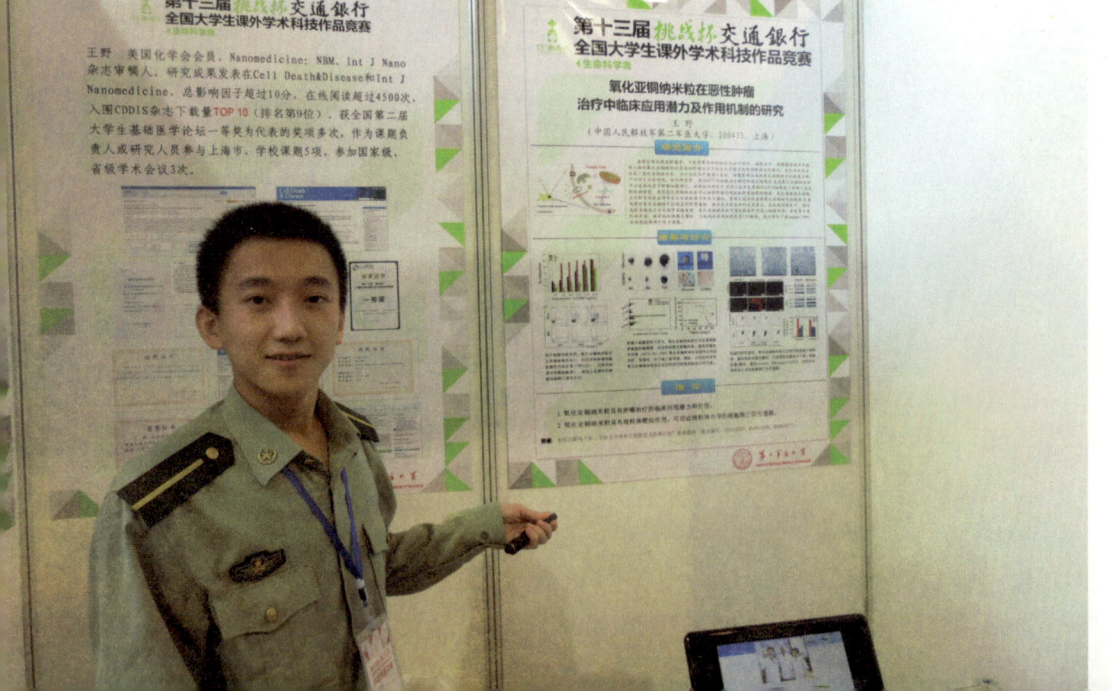

在"挑战杯"全国大学生课外学术作品竞赛现场进行工作汇报

在校大学生创新能力培养交流会上与胡以平教授合影

大一时,细胞生物学课上,胡以平老师向我们介绍王振义、陈竺、陈赛娟三位院士成功地将剧毒中药砒霜,应用于急性早幼粒白血病的治疗,使得其5年存活率由以前的30%左右一下子跃升到90%以上,这让我十分惊奇。我头脑中也突然闪现出中学自学中医时,在《神农本草经》中看到的三味含铜矿物中药——曾青、扁青和空青,具有"破症坚积聚"的作用,而"症坚积聚"不就包含肿瘤吗?这些药物如同砒霜,曾被人们抛弃,很少再敢应用。但我始终坚信古人是不会无缘无故地将这几味药物记入医书的,我决定尝试研究一下。

通过文献查询,我发现这些矿石类药物,成分复杂,难溶于水,直接研究不可行。怎么样才能找到合适的研究方法?能不能用铜化合物为代表来开展研究呢?我又一头扎进了图书馆,通过大量查阅资料发现,可溶性铜盐和含铜中成药虽然具有抗肿瘤的作用,但是其毒性很大,患者无法耐受,均没有应用的可能。一条看似可能的路又被堵上了,我有些气馁,但并未灰心,我相信办法总比困难多。就这样,我又钻进了各种数据库,搜索可能对我有用的信息。一天,这样的一句话突然映入我的眼帘:"纳米药物具有高于普通药物的溶解性和分散能力,具有靶向肿瘤组织的作用"。我为之精神一振,似乎看到了峰回路转的可能性,有了纳米技术,阻碍我开展研究的难题是不是可以迎刃而解了?进一步查阅文献,我确定以氧化亚铜纳米粒为研究代表,在学校细胞生物学教研室开始了氧化亚铜纳米粒抗肿瘤作用的研究之旅。

"万事开头难",尽管有了中学阶段的实验基础,实验刚开始还是遭遇到了很多困难。氧化亚铜纳米粒合成周期长、合成量少、提纯损失多，而纳米粒的表征需要至少200毫克的量。为了加快进度，我24小时不间断地合成，一共合成了300多管，用了240多个小时的时间，才达到表征所需的量；氧化亚铜纳米粒吸附能力强、对热不稳定、溶液电荷能够影响其分散性，于是溶解和消毒氧化亚铜纳米粒成了问题。PBS缓冲液、生理盐水、医用葡萄糖、各种培养基……几乎实验室所有可以用的溶剂我都试验过，通过反复对比，最终确定应用1640培养基和医用葡萄糖来溶解纳米粒，通过射线辐照进行消毒。实验室仪器有限，有些实验不能开展，我就到生化教研室、中心实验室、海军医学研究所等有条件的实验室借用仪器。在克服一个又一个困难的过程中，我的大学生活悄悄过去了一半，两年多的时间里，我在出色完成学习任务的同时，终于完成了研究的体外部分，发现氧化亚铜纳米粒可以选择性地诱导肿瘤细胞凋亡，并表现出线粒体靶向的特性，提示氧化亚铜纳米粒具有肿瘤治疗的应用潜能和某种独特的生物学活性。文章顺利地在国际期刊 *International Journal of Nanomedicine* 杂志发表，影响因子为4.976分。可喜的是，文章在线发表后一周内就被下载了几百次，这让我初次体会到了科研成功的快乐，也让我有幸成为该杂志的论文同行评审者。此前1500余篇全文文献和6000篇论文摘要的阅读，让我能对稿件给以合理的评估，向编辑部提出合适的建议。

体外的研究结果固然很有意义，但是在体内复杂的环境下，氧化亚铜纳米粒能不能起到与体外研究相同或相似的抗肿瘤作用呢？在实验进程的关键点

第二军医大学校长孙颖浩少将为我颁发首届校长奖

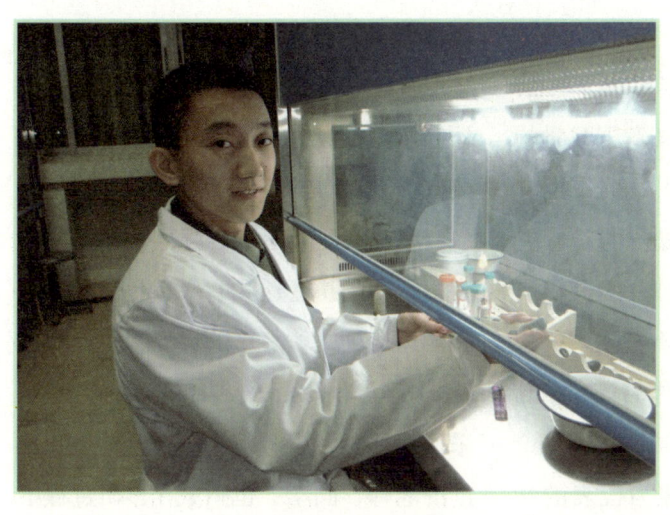

正在进行细胞实验

上,我的专业学习也进入最为关键的时期——大三。内科、外科等重要临床课程相继开始,学校对军事体育训练也抓得更紧,而做科研势必占用很多时间,会不会影响专业课学习呢?我有所顾虑,但强烈的好奇心让我无法停下研究,我决定继续开展氧化亚铜纳米粒抗肿瘤的体内实验研究。

随着研究的不断深入和研究规模的不断扩大,实验所需的时间越来越长。为了不耽误专业课的学习,我加紧利用所有课余时间,午休、晚自习、节假日,别人休息外出,我独自在实验室和荷瘤小鼠打交道;寒暑假更是成了我开展实验的绝好时机,我吃住在实验室,几乎24小时通宵达旦作战,连续两个春节都是在实验室里度过的。过程虽然辛苦,但是看着一天天的研究进展,不断取得新的结果,我内心里有一种难以言表的快乐,也许这就是科学研究的乐趣之所在。就这样,在点滴的坚持中,我的猜想被进一步验证,"纳米氧化亚铜可以显著抑制荷瘤小鼠的肿瘤增长及转移,延长小鼠生存期,且毒性很小"。这暗示纳米氧化亚铜有望成为新型的纳米抗肿瘤药物。

前期工作的结论让我很欣慰,但是我十分好奇地想知道:氧化亚铜纳米粒是通过什么机制起到抗肿瘤作用的呢?在机制的研究中,我意外地发现了非化学修饰无机纳米药物的一条可能的新型转运途径。与传统细胞生物学理解不同,纳米氧化亚铜通过胞膜进入细胞后,绕过溶酶体的降解作用,而直接靶向到线粒体,进而引发线粒体内溶物外渗,启动线粒体凋亡途径,诱导肿瘤细胞凋亡。这一研究结果发表在Nature出版集团旗下的转化医学国际期刊 *Cell Death & Disease* 杂志上(影响因子为

6.044分），文章发表后，同样受到了同行们的关注，下载量连续半个月居 Cell Death & Disease 杂志文章下载量的TOP10。还被《解放日报》、人民网、上海市政府网等多家媒体进行报道。凭借氧化亚铜纳米粒抗肿瘤作用及其机制的系列研究，我获得以第十三届"挑战杯"全国大学生课外学术作品竞赛一等奖、全国第二届大学生基础医学创新论坛暨实验设计大赛一等奖为代表的学术、学科竞赛奖项7项；受邀参加国家级、上海市学术会议3次；在国内外期刊发表文章5篇；以第三申请人获得上海市科委、教委资助课题2项；获第二军医大学"校长奖"、特等奖学金，被评为学校首届"吴孟超式优秀青年"，荣立个人三等功一次。

我想我是幸运的，强烈的好奇心和百折不回的执著让我有幸在生命科学的海洋边拾到一枚多彩的贝壳，我欢呼雀跃，不仅为贝壳，更为科学的美丽风采。我感激，感激曾给我大量辅导和帮助的老师、同学，也感激在科研过程中遭遇到的困难和挫折，这一切都让我成长。我相信，只要保持这份好奇，坚守这份执著，总有一天，我会收获更多！

专家点评 ZHUANJIA DIANPING

王野同学出于自己的兴趣，提出实验设想，从大一就进入细胞生物学实验室，开始了他科学梦的追求。通过四年多的努力，他对抗肿瘤作用的化学物质进行了系统的研究，取得了理想的成果。我见证了他的成长，看到了他的进步，从内心感到欣慰和自豪。同时，也引起了我关于"大学生创新意识培养"的许多思考。王野同学的成长和发展，显示了知识和技能传授的重要性，但更显示了对于学生科学兴趣的启发和创新思维能力的培养的重要性。在我看来，探讨学生创新能力培养的新模式，应该是时代发展赋予我们每一个大学教师的责任和义务。

第二军医大学细胞生物学教研室教授：胡以平

那些年，我们一起run的Access

魏欣如　女
北京中医药大学台港澳中医学部
中医学（台五）专业2011级本科生

过去的日子如轻烟，被微风吹散了，如薄雾，被初阳蒸融了；我留着些什么痕迹呢？

——题记

  2012年春末，东风和煦，落花遍地，柳树密密的枝条随风款摆，姿态袅袅婷婷，正是北京一年当中最好的时节。一年前，我放弃了台湾大学中文系的录取资格，挥别挚爱的家人只身负笈北上，以大学基本学力测验顶标生的身份申请入读北京中医药大学，在人文荟萃的文化古都展开大学生活，一圆儿时踏足祖国大陆、饱览壮丽河山的梦想，冀望在不久之后的将来，为发扬中国传统医药事业贡献一份心力。

  在某个阳光晴朗的日子里，一条短信发来："两点，计算机第三教室，不见不散。"不过寥寥数语，却顿时打破了午后的慵懒和静谧，令我平静的心湖泛起涟漪。无暇欣赏"杨柳堆烟，帘幕无重数"的美景，匆匆的我跨上自行车疾驰而过校园，"芳草鲜美，落英缤纷"都零落成泥碾作尘了，只嫌扑面而来的柳絮太多，白色毛毛迷得人睁不开眼睛。赶到计算机教室的时候还没到点，但所有人都齐了，一人一台计算机各自忙碌。组长Eric在修改模块，朱昱翔输入数据建表，文伸调整组员页面窗体，培筠开浏览器搜寻配图。"那我呢？我要做什么？""你？"组长见我一脸跃跃欲试，说道："我们的针灸穴位查询数据库需要一篇开场白，这个任务就交给你了。"

  那是大一下学期，计算机课上我们学习Microsoft Access软件的使用操作，课后需分组完成一个Access交互式数据库，包含基本的表格、查询、窗体等部分，作为期末成绩的评鉴标准之一。身为北京中医药大学中医学专业的学生，我们五人对于传统中医以针灸治疗人体的原理充满浓厚兴趣，并都有意选修针灸推拿学课程，以期毕业时一并取得针灸推拿学专业的辅修学位。当时碍于课程安排尚未有机会在课堂中学习经络腧穴理论，于是我们选择了人体经络腧穴作为计算机课作业主题，期望利用这个机会，结合经络腧穴学理论知识及人性化的操作接口，建立一个便于学习的针灸穴位查询数据库，为未来修习相关课程提前做准备。那一年的我们还不晓得，"针灸穴位查询数据库"从一个小小的计算机课后作业开始，受到众人精神心力及大把课余时间的浇灌而逐渐茁壮发展，最终真正长成了理论与临床嫁接的桥梁，更不会预料到，它将在未来为我们赢得信息系统作品竞赛三等奖的殊荣，但所有人随即发现，这竟是一场奋斗的开始。

面临的第一个困难来自Access软件的版本。由于计算机教室计算机的配置，课堂间教授的版本是Microsoft Access 2003，此版本过于老旧，与组员们笔记本电脑上的Microsoft Access 2010版本不相兼容，不仅使用接口天差地远、构建方法有别，还无法将数据直接转换导入，因此我们面临了一个二择一的两难局面：是各自回家自行摸索Microsoft Access 2010的操作方法，尝试在无人指导的状况下完成作业，还是从此只能在学校计算机教室有限的开放时间里，利用计算机教室计算机上的Microsoft Access 2003争分夺秒地完成作业？为了组员之间清楚沟通的必要，我们选择了后者。自此，每周三下午便默认为我们珍贵的共同作业时间，几乎所有的方向讨论、作业分工、数据整合及程序语言撰写都是在学校计算机教室完成，"九层之台，起于垒土；千里之行，始于足下"，而这个包含了14条经脉、361个穴位及查询系统的交互式数据库来自于我们一点一滴的积累。

外出采风时留影1

第二个困难与我的台湾学生背景有关，在中国台湾长大的我自小熟悉的文字拼音方法是注音符号，计算机文字输入法是注音输入法，键盘上的ㄅㄆㄇㄈ等符号再熟悉不过，然而学校里惯用的输入法是汉语拼音，学校的计算机键盘上自然没有相应符号，在动工初期造成数据输入的过程十分艰难，幸而经过一个学期的尝试、修正及反复练习，我顺利渡过了从ㄅㄆㄇㄈ到bpmf的蜕变期。

然而最难缠、自始至终困扰着我的

问题可以归为一类，根源于对程序语言的不熟悉。对着VBA代码的输入接口，我形同哑者，咿哦连声、拼拼凑凑却吐不出一句完整的话语，debug永远没有结束，Loop永远不停。幸好有老师的指导及组员们一路上的相互勉励，程序语言的阴霾逐渐散去，数据库架构初具雏形。

紧随其后的工作是使用接口的架设与美化，并加入了令人耳目一新的"子午流注循行时间表"，能显示当下人体气血流注的经脉，在一天之中随时辰而递嬗，充分体现十二经脉循环往复的奥妙，可谓点睛之笔。在长达数月的不懈努力之后，我们理想中的"人性化的针灸穴位查询数据库"终于大功告成。

来年，在台港澳班主任及计算机老师的鼓励之下，我们以这份心血结晶"针灸穴位查询数据库"参加2013年北京中医药大学信息系统作品竞赛，并荣获三等奖的佳绩，这份殊荣是当初一心一意为完成作业、辅助学习而努力的我所始料未及的。回首当初，曾经的困难与挫折早在岁月的荡涤之下随波逝去，而沉淀后的快乐在记忆深处熠熠生辉、历久弥新。

赴京求学近三年，我一贯平淡自处，于学习方面但求无愧于心，于各种

外出采风时留影2

考试、竞赛也往往抱持享受参与过程本身的心理，也偶有佳绩，如大学英语四级考试获633分、六级获543分，以及于北京中医药大学第八届体育节上获集体八段锦一等奖、第九届体育节上获集体太极拳二等奖等殊荣，这些应归功于师长平日的教导及同学间的互相砥砺。感谢祖国大陆对台湾学子的栽培和鼓励，这些荣誉实为求学道路上的美好点缀、是学习生涯中的惊喜。

专家点评 ZHUANJIA DIANPING

魏欣如等同学此次参赛作品"针灸穴位查询数据库"将传统中医理论与现代信息技术相结合，利用Access应用软件，建立了一个便捷实用、富有专业特色的数据库系统，该作品荣获2013年北京中医药大学"信息系统作品竞赛"三等奖。

参赛过程中，魏欣如和她的队友们多次与计算机授课老师讨论，为探求如何呈现最人性化的使用界面而多方尝试、深入钻研，同时抓住Access数据库应用精髓，坚持笃实好学的学习态度，利用业余时间学习相关专业知识，培养了综合创新、自主学习的能力，为今后的学习和科研打下坚实的基础。

北京中医药大学信息中心主任、教授：刘仁权

我在北化成长的经历

黄毅超
北京化工大学化学工程学院
2010级本科生

科研在于创新，创新可以说是一种灵感，更是知识经验的积累。

——题记

我叫黄毅超,一个出生在农村,却有着对科研执著而热爱的男孩。近四年来,我在北化成长了很多很多,北化给了我汲取知识、投身科研的平台。如今,我已经被清华大学录取,踏上了科研之路。下面我将给大家介绍我在化大的成长经历。

其实我在化大的成长经历可以分为两条主线,一是提高成绩,争取奖学金;二是感受科研,自主创新。在我很小的时候,家庭便发生变故,我的童年和中学时光充满了更多苦涩。考上大学后,我的梦想就是要让自己更快地成长起来,减轻爸妈的负担!于是我认真学习,争取奖学金,并且拼命地做兼职工作,甚至也做起了小买卖。四年下来,我没有向家里要过一分钱,相反给家里寄回了2万多元,为爷爷治病和贴补家用。为此我也很荣幸地获得校园十佳"青春榜样"年度人物。大学前两年我都没有回家,因为我细算了一笔账,如果过年回一趟家,往返路途开支起码得近千元,回到家,父母也会增加一些额外的开支。而留在学校,我可以做兼职挣钱,还有充足的时间看看书,去实验室做一些小研究。就这样,大一大二的寒暑假我选择留在北京。

我想应该也就是这两年开始了我的

展示自己的科创成果

科研的萌芽！近四年来，出于对科研的喜爱，我多次以团队负责人身份参加课外学术科技竞赛，如"挑战杯"、科技项目基金等。从大一就跟随班主任蒲源老师做实验，当时我组建了一支团队参加挑战杯。开始的时候，面对一个陌生的课题，实验十分艰难，因为是第一次参赛，几乎没有任何可以借鉴的经验，只能靠着自己一点点地摸索，尝试、碰壁、总结、改进方案，缓慢行走。起初，试验总是毫无头绪，时常陷入停滞的僵局，甚至全盘崩溃，团队一度差点放弃。但是我觉得作为组长就是要带领大家做好，既然选择做了就不要放弃，要做就要做到最好。我应该起带头作用，用我的实际行动感染大家，让大家看到希望！秉着这股蛮劲，我拧身而上，一头扎进实验室，几天下来，晨启夜继，有时候还在实验室打地铺，终于得出了一点成果，团队成员也重拾信心。在最后的评比中，我们团队很荣幸地作为北校区唯一的一支参赛队伍获得"挑战杯"科技竞赛三等奖。这次科研经历深深激励了我，使我对科研产生了浓厚的兴趣。

随后跟随理学院的苏萍老师和王维副教授参与科研工作。期间我们采用胶体磨法制备了$Co_xZn_{1-x}Fe_2O_4$（$0.0<x<1.0$）系列尖晶石型纳米铁氧体。通过XRD粉末衍射和TEM以及VSM表征结果显示，我们成功制备了高饱和磁化强度的超顺磁纳米钴–锌铁氧体。同时，我们还研究了反应温度、时间等条件对系列纳米铁氧体的影响。我们取得了较好的成果，作品也获评第一届创新创业论坛"最受欢迎作品奖"，并被收录于《大学生创新创业论坛优秀作品集》。其实，胶体磨法的创新应用理念来源于我们学校陈建峰教授课题组的超重力旋转填充床反应器。大一时，我便是在超重力研究中心教育部重点实验室做实验，当时接触到超重力旋转填充床，了解到，该装置能提高液体表面更新速度和强化传质过程。而胶体磨机的原理与旋转填充床类似，利用离心力作

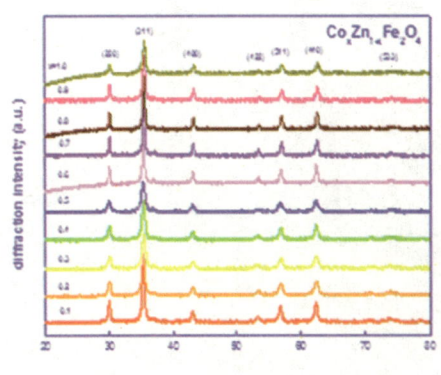

$Co_xZn_{1-x}Fe_2O_4(0.0<x<1.0)$样品的XRD图谱

用，能明显提高流体的混合效果，获得颗粒分布均匀的纳米钴-锌铁氧体。我想如果当时我没有事先接触到超重力旋转填充床反应装置，我也不可能想到应用胶体磨机，也就不可能取得较好的实验成果。可见创新性是一种灵感，更是知识经验的积累。

后来我进入任钟旗教授的课题组从事高压脉冲放电处理印染废水的处理技术研究，我创新性地筛选出工业废铁屑填充型电极材料。工业废铁屑的应用不但降低

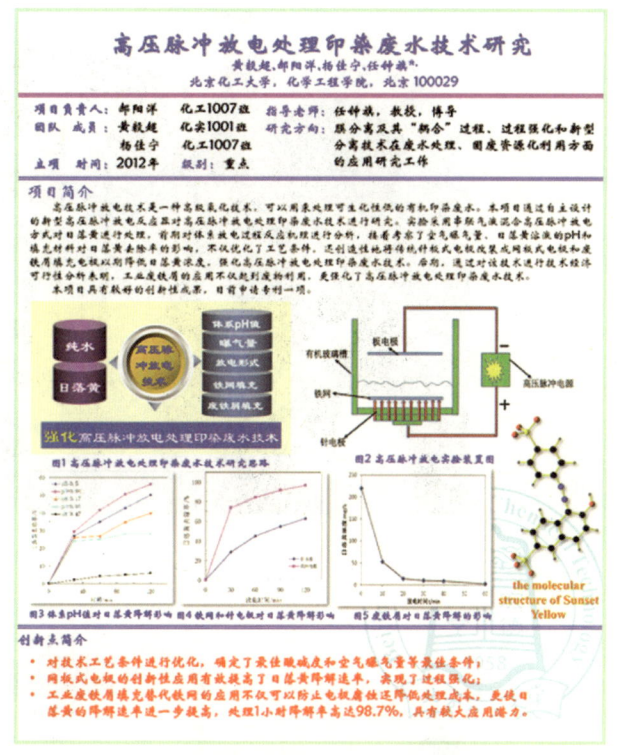

科创成果的原理图解

了印染废水处理成本，而且能够防止电极腐蚀，更使印染废水的降解效率进一步提高，1小时的去除率便能达到98.7%。项目取得了较好的成果，获得"挑战杯"课外学术竞赛三等奖。我们前期尝试了很多电极材料，如铜网、铁网、铁板、铜板等材料，均没能得到理想的结果，只是获得铁材料比铜材料要好。一次偶然机会，我们找来了一些废铁屑，考虑到废铁屑比较便宜，来源广泛，便对其进行实验尝试，结果发现废铁屑是最优秀的填充电极材料，使放电效果大大加强，实现了印染废水处理工艺单优化和降解过程的强化。也许创新就是偶然的尝试，我们应该积极地去尝试，哪怕是一次看似明显失败的结果。有时候创新来得是那么的突然，也许再试一次你就成功了！爱迪生不也试用了6000多种材料，试验了7000多次，才造出了电灯？

大二暑假，我跟随本科生导师高正明教授从事大唐华银金竹山火力发电厂

进行流体混合实验装置讲解

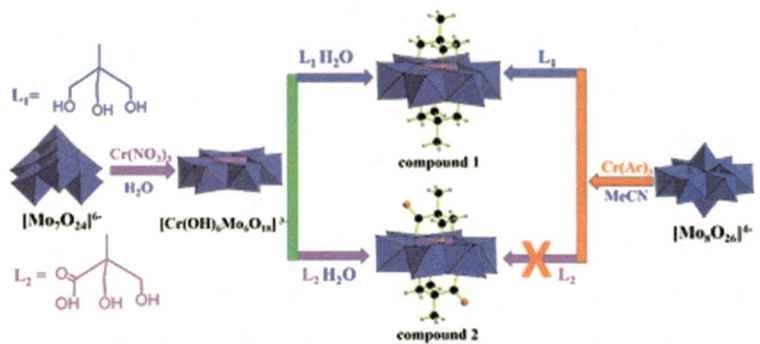

Anderson型多酸的有机功能化的直接修饰法和传统的自组装方法图解

烟气脱硝项目研究。研究了导流板、喷氨格栅等对SCR系统内速度场和浓度场的影响,顺利完成项目合同。

大三暑假,我进入清华大学杰出青年基金获得者魏永革教授的多酸课题组学习交流。期间成功合成了羧基爪的Anderson型多酸,该化合物是一种新的结构,之前人们在有机体系中一直没能合成,后来我们开发了水相合成Anderson型多酸衍生物逐步组装的新方法,并整理文章发表。目前我已在国际核心期刊《道尔顿无机化学》杂志上参与发表学术论文1篇(影响因子IF=3.8),成为我们化工专业近10年来

第一位有文章署名的本科生。通过与魏永革老师的交流，我了解到多酸在材料、催化及医药等领域有广泛应用价值，这使我更加坚定了将来清华博士期间从事多酸研究的决心！

迄今为止，我已在国际核心期刊《道尔顿无机化学》杂志参与发表学术论文2篇，还以第二作者的身份在中国化学学会第29届学术年会上发表会议摘要1篇。我还参加过第十二届全国博士生学术年会等科技活动并参与制作墙报，并有3篇文章分别投稿国际核心期刊《化学科学》、《欧洲化学》和《晶体工程通讯》。此外，还有1篇文章被《第一届创新创业优秀作品集》收录，2个项目获得国家级创新项目，2次获评校级优秀创新作品。

近四年来，我可能更多的时间都投入在科研上，实验过程中也并非一帆风顺，失败很正常，我们需要做的是总结失败原因，探索新方法，解决实验过程中遇到的问题，这样不断尝试，不断学习，总结，积累经验，才能做到在科研上的创新。创新可以说是一种灵感，更是知识经验的积累。

专家点评 ZHUANJIA DIANPING

穷且益坚、志存高远。困境带给黄毅越的不是挫折，而是让他转化为前进的动力。在大学期间，黄毅越积极参与科学研究，并取得了优秀的成果。他的研究工作，无论是纳米材料的制备、印染废水的处理，还是多酸有机衍生物的合成，无不洋溢着他的创新思维和坚韧不拔的毅力与战胜困难的勇气。胜不骄，败不馁，逆流直上，永不言弃，这正是一个科研工作者最需要的品质。希望黄毅越同学在科研这条道路上愈行愈远。

清华大学教授、博士生导师：魏永革

创新源于不懈努力、关注生活

闫鹏飞
郑州大学水利与环境学院
2010级本科生

世上所谓的奇迹，不过是坚持与努力的代名词。

——题记

2010年的夏天，我从商丘市一高考入郑州大学水利与环境学院道路桥梁与渡河工程专业。时光荏苒，岁月如歌，在白驹过隙的一瞬，我感到的是来自内心的那一丝欣慰与安心，我欣慰的是在过去的岁月里不曾碌碌无为、虚度韶华；我安心的是在活力四射的大学生活中，青春律动的我挥汗如雨，不曾遗失那颗追梦的赤子之心。

在校期间，我在学习和科研工作上均取得了较为优秀的成绩。曾获国家奖学金、宝钢基金优秀学生特等奖、郑州大学优秀学生奖学金；河南省文明学生、河南省优秀毕业生、郑州大学十佳大学生标兵；论文《葡萄酒的评价研究》获得"2012年高教社全国大学生数学建模竞赛本科组二等奖"、论文 Networks and Health of Planet Earth 获得 "2013 Interdisciplinary Contest In Modeling Certificate of Achievement" Honorable Mention；在《重庆交通大学学报（自科版）》等期刊发表多篇学术论文；已申请并授权实用新型专利11项。

对于我来说，创新需要持之以恒的努力

告别高中时代，迈进大学校门，人

在毕业典礼上发言

与喜好的桥梁合影

生的历程翻开了新的一页，人生的道路也跨入了新的阶段。在大学二年级，学院举办的一次经验交流会使我了解了数学建模，便对数学建模"用数学方法去解决实际问题"产生了浓厚的兴趣。在学校从各个学院选拔学员参加"2012年高教社全国大学生数学建模竞赛"培训时，由于大一时数学成绩不是特别优秀，我没有被选上，但是我没有气馁，没有放弃。周六、周日的时候，我到学校的培训教室去听课，平常我去图书馆找来大量关于数学建模的书籍，努力学习各种数学建模知识，提高自己的数学知识。在学期末，学校的培训结束，学校进行第一次选拔考试，所有学生自愿参加，通过选拔的学生继续参加暑假的第二次培训。功夫不负有心人，我的努力被认可了，我通过了学校的第一次选拔。

在接下来的一个暑假里，我和另外两名队友在老师的指导下，用一个又一个不眠之夜参加实战训练，最终顺利通过了学校的第二次选拔，与其他组一起代表学校去参加"2012年高教社全国大学生数学建模竞赛"。3天的比赛时间，我和队友发挥各自专长，团结协作，论文被河南省推荐为国家一等奖，在最后评比中获得了国家二等奖。取得成果的背后是我们辛勤的汗水和不懈的努力：我和另外两名队友用了一个学期的大部分周末时间去学习数学建模理论知识，用一个暑假的时间去实战训练，用一个又一个不眠之夜去保质保量地完成参赛论文。

美国大学生数学建模竞赛（MCM/ICM）是一项国际级的竞赛项目，经过和队友商量，我们决定参加。但是2013年的MCM/ICM时间在中国阴历的腊月下旬，此时已是寒假且临近中国的春节，校园里空无一人。而且学校没有组织集体报名参赛，所有的一切将需要我们自己完成：我们需要自己报名，自己找参赛办公室。但我们没有放弃，在那个没有热水、没有暖气的寒冷冬季，我和队友一路摸爬滚打，功夫不负有心人，最终获得了二等奖。

现在想来，真的很怀念那一个个不眠之夜；怀念那夏日清晨，办公室里的第一缕阳光，还有深夜吵醒宿管阿姨为我开门的狼狈；怀念那幽寂冬夜，昏暗路灯下被拉长的身影；怀念那道路两旁光秃秃的梧桐树，迎面扑来的阵阵寒风；怀念那复印店前厚厚的积雪上所留下的奔波的脚印……一路走来，我深深地感觉到创新需要持之以恒的努力。

对于我来说，创新是厚积薄发

我深知"不积跬步，无以至千里；不积小流，无以成江海"，无论多么远大的理想，多么伟大的事业，都必须从小事做起，从平凡做起。进入大学以来，除正常学习之外，我喜欢阅读与专业相关的各种书籍，喜欢跟随老师参与到一些实际工作中。随着时间的推移，扎实的专业理论知识，各种知识的积累，使我具备了"发现问题、提出问题、分析问题、解决问题"的思维方式，在老师的指导下我开始尝试学术论文的写作，但是学术论文的写作不是一蹴而就的。在连续几次收到审稿专家说"研究意义不大"等诸如此类的评审意见时，我曾对自己的科研能力踌躇过、怀疑过，但我没有放弃。在一次又一次地请教老师、一篇又一篇地阅读文献、一遍又一遍地投稿退稿、一遍又一遍地修改之后，我终于收到了我的第一本期刊。从此，我爱上了学术论文的写作，每当完成一篇论文我都会感觉到前所未有的喜悦，我知道，这是努力与坚持的结果。目前为止，我已经在《重庆交通大学学报（自科版）》等国内期刊上发表了8篇学术论文。

对于我来说，创新与生活密不可分

记得有一位老师曾说过，创新有两种方法，一是发明一种现在完全没有的新型事物；一种是在现有事物的基础之上对它进行改造与完善。相比之下，第二种创新更简单一点，作为大学生的我们完全能够做得到。因此，在老师的启迪之下，我通过对生活中事物的观察与思考，针对生活与工程中出现的一些问题，想办法加以改善。比如：在大二的时候看到一条新闻，报道一名女大学生回家乡找工作，不幸家乡发生暴雨，她在走路的时候掉进了路上一个因雨水冲刷而打开的窨井中被冲走了。这条新闻引起了我对道路上窨井盖的关注。通过查找现有窨井盖的资料，我们在原有窨井盖结构的基础上，在不影响窨井盖排水功能的情况下，增加了一道防护板，保证了在窨井盖丢失或被冲走后，闭合的防护板能暂时承担窨井盖的作用，保障了行人及车辆的安全，并成功申请了专利。到目前为止，我与同学一起成功申请了11项实用新型专利。在所授权的专利中，"全自动渗透节水灌溉技术"已做技术转让；"寒冷及严寒地区隧道全自动气帘式防寒保温门"将用于实际工程中。

"凡心所向，素履所往；生如逆旅，一苇以航。"一个人应该对未来充满希望、怀揣梦想，并用自己的努力和汗水去实现它。2013年我被保送至同济大学土木工程学院进行隧道与地下建筑工程的学习，我将以更大的热忱投入到学习与科研当中，不断创新，为祖国的土木事业贡献自己的一份力量。

专家点评 ZHUANJIA DIANPING

闫鹏飞同学获得"第九届中国青少年科技创新奖"是对他最好的肯定，也是他用自己辛勤的努力和不懈的坚持换来的。大学四年作为他的本科导师，目睹了他的成长和进步，甚感欣慰。他学习勤奋，成绩突出，基础知识扎实，积极参加各种学科竞赛，在数学建模等方面都取得了优异的成绩，为深入学习专业知识和科技创新打下了坚实的基础。

闫鹏飞对自己的专业有浓厚的兴趣，在大学期间积极参与相关的项目研究工作，善于思考，勤学好问，勇于实践，大胆创新，在科技创新方面表现出较大的潜力。我相信只要他坚持脚踏实地的作风，坚持自己的梦想，努力学习，将来一定能成为优秀的科技人才，为我国土木工程领域的科技创新添砖加瓦。

郑州大学水利与环境学院教授：李清富

硕 士

人生的价值需创造,你我的青春要点燃

硕士组

第九届中国青少年科技创新"梦之队"成员精彩故事入选名单

在化学世界里创造彩虹——武　涛
（天津大学理学院2011级硕士生）

创新离不开社会实践——郭佩祥
（山西大学中国社会史研究中心2013级硕士生）

"挑战"是创新的基石——彭巧巧
（江西师范大学财政金融学院2012级硕士生）

"钢铁侠"的别样青春——陈增顺
（重庆交通大学土木建筑学院2011级硕士生）

从学生会主席到竞赛达人的转型路——杨　洁
（西北工业大学自动化学院2012级硕士生）

在化学世界里创造彩虹

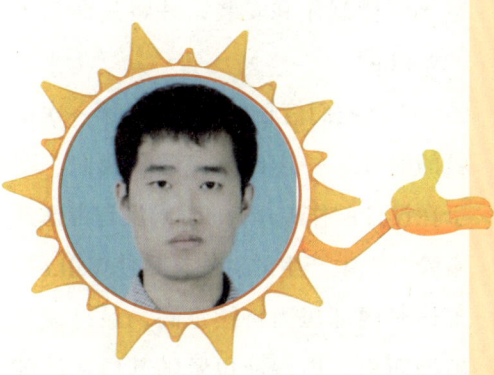

武 涛
天津大学理学院
2011级硕士生

小时候，我好奇切开的苹果会变黄的"魔力"；现在，我拥有利用温差发电、保持河道清洁的"神力"。如果化学是湍流宽广的大河，那我就是游弋其中的一条小鱼。

——题记

能源：节约与创造

我儿时在村庄长大，见到过许多神奇但是难以解释的现象，比如雨后的彩虹、暴露在空气中慢慢变黄的果肉，以及小时候抬头看到的淡蓝色的天空，这一切奇妙的景象萦绕在脑海里，挥之不去。直到步入中学，在熟读化学课本后，那些年少时让我思索良久的自然现象才被揭开神秘的面纱，这让我欣喜万分。从此，对于化学的热爱便一发不可收拾，注定一恋就是一生。

大学期间，当其他同学都奔波在各类社团或忙于应付考试的时候，我却徜徉在图书馆里饱览外版学科专著及前沿论文。在大三之初我得以进入实验室，着手将脑海里的想法付诸实践，至今已将近5年了。在这期间我从事了多项课题研究，涉及化学、环境、能源、医药等多个领域，一度同时开展多项课题研究。每天做实验超过10个小时也成了家常便饭，除去吃饭睡觉几乎都泡在了实验室里。

我和其他三位同学在化工学院李振亚教授的指导下完成了项目"氧还原阴极作为氯碱工业电解槽阴极的应用研究"的申请，并在2009年6月开始动工。我们自主设计完成了无阴极室电解槽制作和安装，并将其命名为"Wall.e"。

正当我们信心满满地进行第一次试验的时候，一声巨响惊醒了我们。由于在设计制作Wall.e的时候没有考虑到实验过程中产生的氯气，致使Wall.e在工作时内部压力持续走高，最终氯气破槽而出，电解液也紧随其后从缝隙中不断涌出，两周的努力不幸以失败告终。

但这并没有让我气馁，经过商讨推敲后，我们用钻孔床在Wall.e上凿出了一条贯通氯气的管路，再粘上导气管，将其排入碱液池，从而解决了这个难题。电解槽没有问题之后，测试过程又给我们带来了新的考验。为了检验电解槽能否持续稳定工作，对其测试必须持续至少48小时，这就意味着我们必须熬夜监测实验进程。60多个小时的测试期过后，每个成员都如释重负，充满喜悦。

那我们的实验有什么实用价值呢？应用氧还原阴极，理论上可使电解制烧碱电能消耗降低850kwh/吨NaOH，实际上使电能至少节约500kwh/吨NaOH。举例来说，我国2007年烧碱产量862万吨，若采用氧还原阴极每年可节约电能43.1亿度，如此便大大降低了制碱成本。

以上项目旨在节约电能，那么接下来要介绍的则旨在创造电能，即温差电池。随着低碳经济对新能源技术的迫切需求，热电材料研究越来越受到人们的关注。基于热电材料制备的温差电池，可将大量低等级热量（如地热、太阳能辐射热和工业废热等）转变为电能。因此开发具有高热电转换效率的热电材料一直是温差电池研究的核心。

我们设计并制作出碲化铋、导电聚合物与石墨烯的三元复合材料，从调整材料的电声输运入手，通过设计和调控石墨烯复合材料的微结构，获得具有高优值的热电材料。目前我们已制备出此种材料，并获得了其各项热电参数，这些数值都进一步证明了此种材料的优越性。现阶段我们正致力于设计和制作可

实验室工作也是快乐的

将此材料应用于温差发电的设备，一旦制备成功并加以优化，在不久的将来，我们很可能边走路边给手机充电，因为所穿的衣服里即含有我们研发的材料，利用人体与环境之间的温差便可发电。

环境：治理与保护

染料污染物作为最主要的水体污染源之一，已成为一个亟待解决的问题。

经过阅读大量文献,我设计并制备出几种载金属氧化物的石墨烯复合材料,可用于催化染料降解,其工作原理是通过将大分子有害染料分子催化降解为无毒的小分子来解决染料污染这一问题。

然而实际操作过程并没有想象中的那么简单。初期,我利用氧化石墨的氧化作用及铜纳米颗粒的还原作用制备出负载氧化亚铜的石墨烯复合材料,该材料形态为粉体。但是接踵而来的却是另一个难题,粉体催化剂加入含有染料的液体后很难再收集起来,利用实验室离心装置回收催化剂在工业上又无法大规模采用,从而导致虽然解决了染料污染问题,但是又向水体输进了新的污染物,得不偿失。

我的大脑又开始飞速思考。某日,当我在电视上看到渔民打鱼的场景时,便联想到如果能制备出一些像鱼一样的催化剂,在投入水体之后再用网将其捞出,岂不是可以解决这一难题?抱着这样的想法,我尝试将催化剂做成块体状。然而采用物理压制手段制得的催化剂孔隙率非常小,只有块体表面可以起到催化作用,因而其催化效率极低。

一次偶然的机会让我茅塞顿开。在我制备粉体催化剂时,因为忘记放入搅拌子而意外制得了多孔块状的催化剂,事后通过咨询我的导师高老师并且查阅文献后才知道此过程被称为"分子间自组装"。此次偶然得到的催化剂不仅孔隙率高而且不易坍塌,将其投入被污染的水体中,催化降解染料分子的效率很高,后续分离催化剂也非常顺利。

通过进一步研究,我发现,作为一种多孔碳材料,除作为催化剂来使用外,它还可以应用到吸附领域,如吸附被污染水体中的有机分子、无机离子等。近年来频繁发生的油轮泄漏事件以及工业含油污水的盲目排放都对环境造成了严重污染,如何有效处理油污染问题,也是当下急需解决的。而本课题所制备的多孔材料便为其指明了一条道路,其吸油量最高值可达自身重量的40倍,吸油效率非常高,并且吸油完毕后可以完整将其取出,不会对水体造成二次污染。

除以上方面,我还做过用于在人体内缓释药物的新型超分子聚合物的合成、高效率低污染制备石墨烯的方法、乙醇燃料电池中新型贱金属高效催化剂的开发、用于药物合成及含多元环的底物合成等方面的研究。

在老师的指导下进行科研实验

对于一个科学工作者而言，除埋头研究外，分享自己的实验成果也是必备素质之一。为了能够让全世界的科研工作者都能了解和评价我的工作，通过对课题实验内容进行归纳和整理，将其撰写成6000字左右的英文科技论文，并投稿至学科内顶级期刊，我于2013年3月在 *Nanotechnology* 上发表的一篇论文下载量已过2000次。

至今，我以第一作者身份发表SCI论文6篇，累计影响因子总和达到28.76。已署名发表SCI期刊论文14篇、EI期刊论文2篇。参与或负责科研项目4项，申请中国发明专利2项，已授权1项。并顺利通过托福和GRE（1350分）考试，还成功申请到全额奖学金去马里兰大学帕克分校（美国大学综合排名第55位）化学系攻读博士学位。

化学如是湍流宽广的大河，而我这条小鱼也学会了在其中破浪前行。大自然自有她的"魔力"，而我亦有能创造神奇、巧夺天工的"神力"，科学的漫漫长河上，求索不会停息。

专家点评 ZHUANJIA DIANPING

武涛同学学习刻苦认真，学习成绩一直名列专业前茅，以优异成绩保送本校攻读研究生学位而加入我的课题组进行学术研究。他潜心钻研，创新能力强，从事了多项科研项目的研究，取得了丰硕的科研成果。武涛工作能力突出，无论作为社团骨干还是班级领导和课题组长，都能带领同学出色地完成老师交给的各项任务，深得老师的信任与同学的信赖。如此全面发展的学生，实为难能可贵，成为我校学生学习的楷模。他在本科及硕士七年间，获得各类省部级、市级及校级荣誉20余项，并获得第九届"中国青少年科技创新奖"。这一大奖既是对他多年刻苦努力的肯定，也是对他将来的学习及科研工作的鼓舞。希望将来他为我们带来更多的惊喜。

天津大学化学系教授：高建平

创新离不开社会实践

郭佩祥
山西大学中国社会史研究中心
2013级硕士生

秉承创新思维,走向田野社会,把科技创新和社会实践结合起来,做一个"田野追梦人",我会一直在路上!

——题记

时光如水悄悄流，转眼间，我在"中国梦"的指引下走向田野社会开展科技创新和社会实践已经5年有余。这个充满艰辛和喜悦的旅程，既有恩师的谆谆教诲，又有伙伴的并肩奋斗，更有一个人的蹒跚独行。我背起行囊前往一个个陌生的他者世界，体验着人世的酸甜苦辣，体会着实践的艰难险阻，体味着科研的高峰难攀。

胡适说，"要怎么收获，先那么栽"。庆幸的是，尽管前路充满未知，而我却逐渐成长起来，学会了科学研究的方法，锻炼了调查研究的能力，培养了科技创新的思维，坚定了做一个"田野追梦人"的理想信念。

注重科研，秉承创新思维

2009年秋天，我来到山西大学读书。当时我对青年人的大学生活和科技创新有着明确的定位和思考：我认为一个充实的大学生活，应当主要关注学术科研，并在社会实践、学生工作、志愿者服务等方面全面发展；一个具备科技创新能力的大学生，应该在坚定的理想信念的指导下，不断探索方法、锻炼思维，谦虚务实地拼搏进取。

回想当初大一时，主持科研项目的记忆是青涩的。我莽撞地跑进恩师董江爱教授的办公室，表达了我想参与科研训练的坚定信念。惊喜的是董老师欣然答应，为我确定了《煤矿的开采开发对矿区乡村治理的影响》的科研课题，并被选拔为学校本科生第8期科研训练项目，从此我便冠冕堂皇地成为一个"科研人"。开展科学研究，对我提出了很高的要求，恩师也对我严格训练。我生性驽钝，但却自认为是一个有追求的人，一个"追求完美"的人，再沉重的压力，再繁多的头绪，再艰难的挑战，我都会不遗余力地拼搏，勇往直前地追寻。自己还算争气吧，后来我主持的第一个科研项目又被选拔成为国家级大学生创新性实验计划项目，并成为当年全校哲社类唯一的中期、结题优秀鉴定，也算没有辜负恩师的一片苦心。

被保送到山西大学中国社会史研究中心以后，董老师的大师兄、我国社会史学界的"重量级"学者行龙教授成为我的导师。行老师素来不唯我，不独尊，对学生要求极为严厉。"历史学是

2012年8月,郭佩祥在山西屯留县开展农村社会调查

一门读书的学问"。我便在恩师的指导下,系统地、大量地阅读、研究国内外的相关学术著作。他不定期地召开读书会,"检查"我们看书的进展和质量,我和同学们都为每周一本专著和"不能复制粘贴"的读书笔记苦闷不已,但笔端至此,我不禁为自己熟读费老的《江村经济》、黄宗智的《华北的小农经济与社会变迁》、杜赞奇的《文化权力与国家》等经典著作和"元理论"而感到踏实,因为读书思考是开展科学研究、培养创新思维的基础。我们不能做一个书呆子,但是却要首先做一个"书呆子"。

在不断的科研探索中,我逐步确立了山西资源型农村社会史、基层民主与治理等研究方向,并在"走向田野与社会"的学术理念的指导下,把科技创新和社会实践有机地结合起来。社会科学的发展不断呼唤多学科视角的结合,我也以历史学为本位,援借政治学、哲学、经济学和社会学等学科的知识;在研究方法上,我也探索出了理论研究和实证研究、纵向分析和横向分析、定性分析和定量分析"三结合"的方法。我总是在思索着如何使我的研究成果既有

2014年8月，郭佩祥随导师行龙教授在山西武乡县开展农村社会调查

历史，又有现实；既有理论，又有故事；既有数据，又有结论。

在科技创新中，我锻炼了哪些能力呢？一是初步掌握了科学的研究方法，在学科借鉴、研究方法、项目依托和技术手段等方面培育了科学性、创新性、先进性和研究特色，初步形成了基本的科研能力和创新素质；二是在具体的创新能力上，基本掌握了Spss软件、Word软件、Excel软件等科研软件的应用，具备了文字处理、论文排版、图表制作等基本技术。由此看来，学术、科研、创新，并不是混沌无形、遥不可及的"高雅贵重物"，而是我们每个青年人都可以通过努力触手可及的"日常必需品"。

关注基层，走向田野社会

为了把书本上的知识放在现实社会中进行检验，我选择了科学研究和社会实践相结合的道路。基层农村社会的美丽图景，犹如一个待娶的新娘的美丽面纱，我总是迫不及待地想要揭开它。

我们这一代人赶上了美好的时代，"中国梦"的理想信念点燃了青春的梦想。回想大一，那是一个青山相聚、红花回首的季节,我背起行囊,力排非议,走出校园,走向广阔的田野社会,开展了大量的社会调查。基层社会的美丽图景,农民工人的艰苦创业,乡村生活的全新风貌,深深地吸引了我这样一个涉世未深但却充满激情的年轻人。那个时候没有钱,没有经验,没有方法,但面对农民对陌生人的冷漠、学术理论的缺乏、访谈能力的欠缺甚至乡间野狗的追赶,我没有退缩,而是选择继续前行,不断探索出了问题意识、实践意识、档案意识、访谈技巧和调研组织五个方面的社会调查能力体系。

我利用在校双休日及寒暑假时间,前往9个省的30多个村庄开展调查,走访农民7000人次,其中在长治市某样本村驻村调查时间前后长达两个月。期间,接触了基层社会各阶层的农民、工人、个体工商户以及政府公务员,听老红军、老八路讲讲革命年代的那些事,与村长、会计、老党员谈论新农村建设,和质朴的农民畅想致富的前景,获得了访谈记录和调研材料约1000万字,相关历史档案30多万页。返校后,我认真总结调研材料,运用所学知识撰写调研报告20余篇约30万字,调研报告《农民利益是如何被损害的——资源开发中的利益博弈与利益失衡》荣获第12届"挑战杯"全国大学生课外学术科技作品竞赛特等奖。

反观过去,5年来的酸甜苦辣历历在目,宛若昨天。在农村,在基层,我忍受了孤独寂寞,选择了自立自强,学会了养猪、喂鸡、做农家饭、种田耕地,就连小时候发动不起的拖拉机现在也能开得相当顺溜,基层社会实践经历给予我太多终生难忘的回忆,促进了人生发展,培养了与人民群众的感情。我想,如果我们青年大学生都能够走向基层、走向社会,以大学生的知识和眼光关注民生、关注现实,那么,每一位青年学子都能够实现"中国梦"、我的梦!

服务社会,追寻青春梦想

我喜欢和同学们交流、分享自己在科技创新和社会实践中的感悟,先后为本科生作报告10余场,听众达8000余人次,并获得"中国大学生自强之星"称号。我也乐于让学弟学妹们"入伙"我的科研团队。我们年轻人在学校搞科研,去乡下搞调查,是多么美妙的青春故事。

我经常思考,大学生的科技创新、

社会实践,和小学生、中学生有什么不同?我们既然具备了相对完整的知识体系,拥有了相对严密的科学思维,就要结合所学专业知识,研究社会、分析社会、服务社会,要让自己的科研成果产生较高的社会与经济效益。此后我又撰写调研报告20余篇约30万字,部分报告(含内参)已提交团中央、山西省委、省政府等党政群团部门,其中《关于山西省人民政府工作报告草案的几点意见》(内参)的4点政策意见写入省长的政府工作报告。我在努力地用所学知识和社会调查方法,为党和政府以及学校发展提供决策参考,为造福社会和民众做出自己的奉献。

我在科技创新和社会实践方面的探索,受到人民日报、中国青年报等10余家中央和地方媒体的原创专访报道。人民日报以《将文明基因融入血脉》为题介绍了我的事迹,中国青年报以《一个大学生的村庄调查》为题进行专访,评价我是"大学生深入基层的优秀范本",山西日报以《一个90后学子的社会调查之路》为题进行专访,认为我的事迹"展示出新时期年轻人强烈的社会责任意识"。这些,权当是社会对我的期待,对大学生的期盼罢了。

我曾在《人民日报》撰文表达"做一个田野追梦人"的青春宣言,我会继续秉承创新思维,走向田野社会,追寻中国梦想。我会一直在路上!

专家点评 ZHUANJIA DIANPING

进入大学以来,郭佩祥同学系统研究了大量的学术经典著作,同时坚持理论实践相结合,信念坚定地走向田野社会,开展大量社会调查,目前已在100个村庄留下青春足迹。在基层农村,他学会了干农活,走访农民7000人次,收集历史档案30多万页。这些珍贵的研究材料,成为他发现历史,研究现实,思考未来的重要依据。同时他不愿成为一个书呆子,在科研之外积极参加学校的学生工作、社会实践、志愿服务等,培养了自己全面发展的能力。有了这种上进心、责任心、问题意识,以及创新思维、综合能力和全面素质,相信他能够一如既往地坚持下去。田野追梦人,这是他自己的人生定位。走向田野社会,或许为当代青年追寻"中国梦",提供了重要路径。

教育部社会科学司原司长、中国人民大学博士生导师:吴广庆

"挑战"是创新的基石

彭巧巧（女）
江西师范大学财政金融学院
2012级硕士生

所有的荣誉和收获都始于挑战，从挑战中历练，在历练中前行。

——题记

　　所有的荣誉和收获都始于挑战，从挑战中历练，在历练中前行。参加"挑战杯"等比赛的过程是一个不断提升自我的过程，在准备、完善作品的过程中，不断思考、不断创新、不断突破，通过团队合作让讨论与交流凝结为思想的升华，在分工与合作中达到新的巅峰。这些让我深刻地理解了科学研究的意义。

　　小微企业融资难是一世界性难题，我和团队成员一直将研究领域聚焦于小微金融发展，并对其进行系统性的跟踪研究，不断将问题推到前沿，力争打造"永不停止的创新产品"。2011年暑期，我和团队成员对江西省的民间借贷情况进行了调研，形成的调查报告荣获2011年"中国工商银行杯"大学生暑期社会实践有奖征文比赛全国三等奖；2012年暑期，聚焦于小微企业的民间借贷问题；2013年暑期，对江西省农户土地经营权抵押贷款意愿进行了调研，形成的《唤醒沉睡的金融资本——江西省农户土地经营权抵押贷款意愿调查报告》荣获2013年"中国进出口银行杯"暑期社会实践征文比赛全国三等奖。暑期调研让我和团队成员进一步认识到，仅依靠民间融资途径，小微企业的资金需求仍然难以得到满足。因此，2013年在参加"挑战杯"项目中我和团队成员进一步将研究选题聚焦于探索小微企业如何从正规金融机构获得贷款这一世界性难题上。

　　"挑战杯"项目历时一年，我和队员共同经历了参赛申报、策划研究路线、制定日程表、查阅各种文献和资料、设计案例提纲及问卷、实地调研、数据和案例的收集、数据的处理和分析、调查报告的撰写、参加校内问辩赛及作品的反复修改打磨等环节。小微企业融资是我国经济现实中的一个热点和难点问题，必须要深入现实、了解现实、理解现实。2013年3月至4月，我和队员多次赴景德镇、上饶、赣州等地，对当地的小微企业主进行问卷调查和案例访谈。在交谈中，他们向我们倾诉了很多创业中的艰辛，借贷时的不易和无奈。随后，我们也走访了一些大中型银行，了解正规金融机构为何不愿向小微企业贷款。正是调研中遇到的这些困惑，不断激励我们在理论上结合实际进行深入探究。回校后，我们沉浸在文献里，学习、思考，和老师不断讨论，分析了小微企业融资难的具体表现，并挖掘出小微企业融资难的根本原因是其信用不足。解决这个问题，一般的思路是将小微企业的资产合法化，以使其得到金融机构授信。通过调查，我们发现江西省农信社的"信用共同体"贷款模式将小微企业之间的资产反担保的民间信用转化为银行信用，这样能够有效地破解其信用不足的难题。之后为了探索江西省解决这一问题的成功实践，5月我们又赴余江县，调研了省农信社"信用共同体"模式在当地的实践。调研共采集了863份问卷和37例面向小微企业主、商业银行、农信社和担保公司的深度访谈资料，使作品建立在相当扎实的实证基础之上。

从前期调研到作品撰写，是一个艰苦而漫长的工作，要在揭示研究对象的本质和内在逻辑的基础上，形成对事物的新认识、新结论，提出解决问题的新思路、新对策等。最重要的是提炼出新看法、新认识，凸显出作品的创新点。因此提炼的过程是一个深入学习理论，全面运用理论，从而形成新的见解的过程。数不清这中间开过多少次团队讨论

参加科创大赛留影

会、专家问诊会、封闭改稿会，从作品标题设计到作品申报书，从作品目录、正文再到附录，团队不断地碰撞、讨论。最终，我们有力地论证了我们的核心观点：将民间信用转化为银行信用的"信用共同体"产品是解决小微企业融资难的好办法。创新之处在于：一是挖掘了"信用共同体"产品的运作机理并运用博弈论工具将其模型化；二是提出了这种模式具有内在普适性，为开发更多利用民间信用的金融产品提供了借鉴。

在大赛上讲解科创成果

功夫不负苦心人。在作品上交两个月后,我们接到了终审决赛通知。为了在决赛中取得好成绩,作为主答辩手的我,更是时刻不敢松懈,从内在学术修养到外在形象都严格要求自己,近乎苛求。比赛时,我自信而从容地向评委介绍作品,最终,作品《信用共同体"贷"动小微企业创富梦——江西省探索小微企业走出融资困境的调查报告》得到了决赛评委的认可,获得了全国特等奖!当我站上领奖台的那一刻,付出的所有辛苦和汗水都化为喜悦和激动。

参与"挑战杯"项目一年多的时间里给我留下了很多难忘的记忆。还记得当初,我们在工作室一待就是一整天,每天食堂都会接到我们的订餐电话——"名达楼点餐呀!";每天晚上都会被楼管阿姨催促着——"快关门了,你们这些同学还不回去呀!";工作室里每天都回荡着我们讨论问题和意见分歧时激烈争论的声音。每次的封闭改稿,专家都会认真指出我们作品的不足之处。每当大家因为作品的不尽如人意而心情低落时,我们就会互相鼓劲:"加油,我们要去苏州(意指参加决赛)!"。在工作室的多次彻夜改稿,多少个通宵达旦的努力,都让我印象深刻。记得4月份的一个夜晚,为了第二天在专家问诊会上展示的作品更加理想,我们在工作室里又是一个通宵,当时天气特别冷,后半夜里我们冻得都不敢睡。在把文本修改好之后,我们又大声地朗读，仔细校对，力争不放过里面的任何一个错别字和标点符号。数不清有多少个这样的夜晚，我们都是在反复校稿中度过的。从刚开始的粗糙和不成熟，到最后的严谨和成熟，作品在我们一点一滴的努力中得到不断完善。"挑战杯"比赛结束后，我们校对和修改过的文本装了满满一个大箱子。

2013年11月，团中央第一书记秦宜智同志莅校调研时认真观看了我们参与"挑战杯"项目的展板介绍，听取了赛事汇报，对于团队取得的成绩表示高度肯定。

在"挑战杯"等比赛之后，我们团队仍继续讨论小微金融的发展，发现还有很多尚未解决的问题。因此，我们团队将进一步拓展研究视野，在关注整个小微金融发展问题的基础上，着力攻关以下三个研究方向：（1）培育小微企业信用的金融产品与机制创新研究；（2）支持小微金融发展的农村土地经营权抵押制度创新研究；（3）小微金融发展与乡村社会治理研究。这三个问题，都是国家经济转型升级所必然遇到的现实性紧迫问题。我们相信，我们团队的这些持续性研究，在锻炼我

在自然的怀抱中享受美景

们才干的同时，也为我们这些青年学子报答祖国的养育之恩提供了一个良好的平台。

我个人也获得了第九届中国大学生年度人物提名奖、研究生国家奖学金，被评为校"未来学术科技之星"。《江西日报》《江南都市报》等多家新闻媒体对比赛获奖情况进行了报道，人民网、中国大学生在线网也对我的获奖

事迹进行了刊登。"路漫漫其修远兮，吾将上下而求索"，怀揣对学术之梦的追求，对科学研究的热情，我将更加努力地投入到以后的学习、生活中去，用辛勤的汗水和默默的耕耘去谱写更美好的明天。

 专家点评 ZHUANJIA DIANPING

彭巧巧同学获得第九届中国青少年科技创新奖是持续多年学术探索和积累的结果。围绕小微企业融资这一世界性难题，彭巧巧和团队其他队员一起进行了长期的系统性研究，并取得了一定的研究成果。透过她的创新故事，可以看出科学研究必须要深入实践，用眼看、用耳听、用脚丈量，才能真正创造出价值。获奖者身上的创新精神、拼搏精神，以及团队合作精神将会成为当今大学的主流，推动着更多的学生走向更大的成功！

陕西师范大学财政金融学院副教授：陈胜祥

"钢铁侠"的别样青春

陈增顺
重庆交通大学土木建筑学院
2011级硕士生

我不是"钢铁侠",我只是喜欢用心做事。青春只有一次,我只想把时间花费在自己喜欢的事情上,把激情迸发在自己热爱的领域里,在最美好的日子里留下最美好的回忆。

——题记

我的青春谁做主?
钢筋水泥混凝土!

很多身边的同学都戏称我为"钢铁侠",顾名思义,有刀枪不入、金刚不坏之意。在别人眼里,我是一个精力无限、性格坚毅的人,身边总是有一堆的事情在忙,也没有什么事情可以真正地打击到我。很惭愧的是,我做不了拯救世界的好莱坞大英雄,但每个人都有一个英雄梦,平凡的我只想做自己心中的英雄。

2007年,我很荣幸地考进了重庆交通大学桥梁工程专业。当一名优秀的桥梁工程师是我的梦想。我深知梦想不可能凭空实现,它需要我去奋力追逐。从"挑战杯"创业计划竞赛金奖到发表第三篇SCI学术论文,从参与国家自然科学基金项目到获得国家专利,从成为全国大学生首届"小平科技创新团队"负责人到拿到世界名校全奖博士的offer,每一步都挥洒着辛苦的汗水,也充满着收获的喜悦。

在我负责组织开展的"多点弹性支撑体系加固坦拱桥的设计理论模型试验"的试验区里,试验对象为一片跨径6米,矢高1米的模型试验拱,拱腹下方设置有Y型支撑,通过弹性支座实现主拱与支撑的合理连接。记得自己曾经在课堂上听讲过,"矢跨比较小的坦拱桥,受力形式带有梁式桥的倾向,水平推力较陡拱大,受载弯矩集中于主拱拱顶至3/8、5/8区段,因此造成对此种桥型加固难度增大。有必要提出有效措施进行加固整治。"我们的试验就是在坦拱上

参加第七届挑战杯创业计划竞赛进行现场讲解

参加感动重庆校园十大人物颁奖活动

运用多点弹性支撑,以使原结构和支撑协调变形,共同分担活载作用效应,达到削减主拱内力峰值,减少各截面内力的目的。

早上8点到晚上6点是我在实验室正常工作的时间。重庆的春天美丽却又转瞬即逝,迎着清晨的阳光,哼着欢快的小调,穿过一条条林荫大道,享受过短暂的舒适之后,即将开始的是密不透风的狭小空间、不停运转的大型试验仪器和各种构件碰撞的刺耳声音。不是没有埋怨过,这时候,我常常告诉自己,一味地埋怨没有用,嘈杂的环境并不算什么,更重要的是在每天的工作中有所收获,让自己每天的工作有意义。短暂的心绪整理之后,我开始和几个小伙伴一起认真观察试验拱的裂缝与变形,调整预应力,一丝不苟地记录着应变数据,做好现场试验的记录工作。试验过程中会遇到很多问题,于是激烈的讨论便展开了,我很享受这样的讨论,"理越辩越明。"思维的碰撞往往会让问题变得更加的清晰。中午常常就是一个7块钱的套餐,一瓶矿泉水,就着对当天试验

在援藏前行的路上留影

结果的激烈讨论匆匆下肚。午饭过后，我们会找一个就近的教室进行一个短暂的午休，下午再重复上午的工作。晚上，拿着当天的实验数据回到办公室，运用数值分析软件研究、修正，加班到凌晨已是常事。这样的日子已经持续了几个月，我们乐此不疲。

给桥梁戴上一枚智能"戒指"

在占地近8000平方米的山区桥梁与隧道工程国家重点实验室培育基地里，我和其他"小平团队"的成员们在面前的这位长与宽均达10余米、身高5米多的钢铁"巨人"身上套着一枚小巧的"戒指"——在定滑轮上下牵引下的一个小型摄像头，固定在半圆形的桁架上，并沿着钢桁架在搭建起来的长方体建筑物身上缓缓地上下左右滑动，而在另一头的电脑终端上，逼真地还原了面前这位"巨人"身上出现的细微伤病——裂缝。

在童话里，杰克能沿着通天高的藤蔓爬到空中城堡，在现实的大型桥梁的索塔监测里，基于视频图像的裂缝监测

很有指点江山的气派

传感器代替了杰克,在高达200~300米的索塔上进行无阻的移动滑行。而这套技术,正是老师带领我们"小平团队"自主研发的高大索塔裂缝检测装备。这个机器装置呈U形,它能根据索塔的大小来调节自身大小,并且可以载人到索塔顶部进行人工检修。该成果目前已完成1∶1索塔节段的室内试验,即将运用于广西外环高速公路的大冲沟大桥的高大索塔检测裂缝的工作中。

斜拉桥在桥梁建设中应用很广泛,对斜拉桥来说,索塔承载了整座桥梁的大部分荷载,而索塔的塔壁会因材料强度或者环境因素出现竖向裂缝。在运营中其健康状况直接影响桥梁的安全,现有的检测主要依靠人工观察、超声波扫描等,但都难以到达高大索塔的各个部位。

我们团队利用机器人的智能运行,载运先进的视频和图像设备,获取索塔表面裂缝图像,然后利用数字图像成像系统对裂缝区域进行影像摄取和分析,获得裂缝的影像宽度、长度和走向等信息,为后续的裂缝信息处理、存储、重现与评估研究打下基础。在传感器传输过来的裂缝图像上,呈现了裂缝的宽度、长度、位置及方向。这套基于广义结构元的计算机技术,甚至可以分辨小于0.1毫米的裂纹。

除了检测索塔裂缝的"智能机器人"以外,我们还在研发磁记忆无损检测和红外成像无损检测技术,现在的旧桥越来越多,桥梁检测方向将会成为以后桥梁工程领域中很重要的一个方向,我也会在这方面用心学习。

做个桥梁的好"大夫"

除了教室、实验室,我的第三个学习基地便是条件艰苦的工地了。我已经

参加感动重庆校园十大人物巡回演讲

先后去过西藏、云南、广西，以及重庆开县、巫山、南川的各个工地，负责或参与检测加固桥梁500余座。工地的工作条件很艰苦，除了要善于思考，更需要的是勇气。

亚洲第一、世界第二跨径的轨道斜拉桥——轨道6号线蔡家嘉陵江大桥已经建成通车。我曾经负责过这座桥的施工监控工作。我和另一位同学有一次准备乘坐电梯上到塔顶去粘贴应变片，谁也没有想到的是电梯上升到一半出了故障，既上不去，又下不来，高高地悬挂在五六十米高的高空中。下面就是实实在在的混凝土桥面，说不害怕是不可能的，当时我想的是，为什么今年没有买保险呢。在空中停滞了5分钟后，工地上的吊车解救了我们。

20岁出头正是青春爱玩的年纪，别人逛街、聚会、谈恋爱，把自己打扮得花枝招展然后塞进这个灯红酒绿的世界，肆意地消耗青春，而我却整天灰头土脸，不得不把自己塞进一堆堆钢筋、水泥、混凝土里，在杂乱的仪器、软件、规范中挥洒着我的青春。为什么呢？不是我不爱玩、不贪玩，而是人生不能一直这样玩下去，我们更需要的是在自己的领域中有所作为，有所贡献。我们都知道做工程、搞科研是一件很枯燥的事情，但是既然选择了远方，便只需风雨兼程。人生，别在最能吃苦的年纪选择安逸。

我一直相信，只要怀着一颗上进的心，人经历的事情越多，内心就越丰富，头脑就越灵活。对于挫折和困难，我把它们当成人生中的巨大财富。物质上的财富只是一时的，经过风吹雨打的坚强内心才是永恒的。曾经的6次手术带来的波折与磨难让我明白，再大的困难都有解决的一天，用心做好眼前的事情比垂头丧气、患得患失更重要。之前的坚持也让我被香港科技大学录取为全额奖学金博士，打破了非211学校难以入世界名校的"魔咒"。

我不是"钢铁侠"，每当遇到困难我也想过退缩，但我还是坚持享受了沿途的风景，坚持做一个充满正能量的人，把激情迸发在自己热爱的领域里，于己于人也算是功德圆满了。

专家点评 ZHUANJIA DIANPING

增顺是一个极能吃苦的同学，他一直把自己的学业当做事业来看待。在科研、科技活动及专业实践中，他有过无数次困难的经历，甚至生命的威胁。无论是连熬数夜解决数学建模问题，还是为了获得一个数据反复几十次失败的试验；无论是即使发生了高原反应，却依然坚守在青藏高原施工现场，还是为了精确测量被困40多米高空，增顺依然脚踏实地，坚定梦想，把青春奉献在自己的学业上，把激情迸发在钟爱的事业中。如今，他被录取为香港科技大学全奖博士，希望他继续攀登事业的高峰，创造更多的佳绩，早日实现他的桥梁梦，为构筑中国梦建造更多中国乃至世界的名桥。

重庆交通大学教授：杨登陆

从学生会主席到竞赛达人的转型路

杨 洁（女，回族）
西北工业大学自动化学院
2012级硕士生

任何新生事物在开始时都不过是一枝幼苗，事物之可贵，就因为这新生的幼苗中，有无限的活力在成长，成长为巨人，成长为力量。

——题记

我是一个来自少数民族地区的宁夏女孩，初来到大学，面对一切都充满了好奇和欣喜。在我看来，人生就是不断学习和超越的过程。我从来不认为学习仅限于书本，我喜欢从不同的人身上学习，从新鲜事物中学习。入校以来，我活跃于各类活动之中，从参与到组织，终于成长为学院第一位女学生会主席。很多人认为，社团活动就是一种复制，但是我认为这其中可创新的内容很多，比如，如何结合时效的活动，如何策划最受同学欢迎的活动，将先进的管理理念和创新精神融入社团活动，成为我不断努力的目标。3年的全情投入活动，在换届结束的那一刻我突然迷失了——喜欢创新、挑战的我，不知道该何去何从，该做些什么，也不清楚下一个成就自己的平台在哪里。

临渊羡鱼，不如退而结网
——迷途中结识学科竞赛

一个偶然的机会，让我结识了学科竞赛的魅力并为之神往。那一年，我院研究生熊飞获得挑战杯全国大赛特等奖，这个奖项填补了西北工业大学在挑战杯全国科技竞赛上特等奖的空白。喜报传来，一时间熊飞同学及他的团队成为学校的骄傲，同学们心目中的英雄。坐在报告会的一个角落里，听着熊飞学长在台上演讲，看着他自信而坚定的眼神，心里充满了羡慕。与此同时，一个新的种子在心中开始发芽，如果说我以前是作为社团之星，那么现在的我更想做的是学生精神的代言人。青春，就是要不断挑战自我，超越自我。

合抱之木，生于毫末；
九层之台，起于垒土
——成长中痴迷竞赛

与大多数人不同的是，学科竞赛最初对我来说只是个方向，一个可以挑战自己，创造辉煌的平台。但对于我这样一个学生干部来说，这是一个陌生而困难重重的领域。学科竞赛的专业性和距离感，让很多人望而却步，不敢去挑战。一次机遇的垂青使我揭开了竞赛的神秘面纱，学院和某知名研究所合作，要在学校里开展一个关于控制系统设计的竞赛，双方都有意向，但是首次合作需要熟悉活动组织流程并由热爱竞赛的同学参与全流程策划和后期的实施。面对这样一个难得的机会，我主动向学院请缨，作为学生中的第一负责人。这个竞赛从无到有，从意向到落实，从竞赛的题目选定到最后的决赛答辩，我都全程参与，收获良多。这次组织竞赛的过程让我不再觉得科创遥不可及，从中积累了很多竞赛知识。专注是一种快乐，在不断的学习当中，每当有一个创新的想法都让我兴奋不已。为了实践自己的创新理念，半年时间内，我先后参加了近10多项科技竞赛，但都与获奖擦肩而过。全国科普知识作品竞赛，博世创新挑战赛，第四届环保科技创业挑战赛，杭州大学生挑战赛，每次的比赛结果总是差那么一点点就铩羽而归。一次次的全力投入，一次次的落选，很多人劝我放弃，说我是一个学生干部，但无法成为一个学术人才。为此我心里沮丧过，失望过，但3年的学生会主席生涯，让我明白了比热情更重要的是责任，比付出更重要的是坚持，比努力更重要的是方向。既然方向已经确定了，那么没有理由放弃。那么多次失败的经历，只是在提醒自己的不足。九层之台，起于垒土。我越来越意识到，积累基础和总结经验的重要作用。在就读研究生的日子里，我开始认真学习专业课，大量积累

 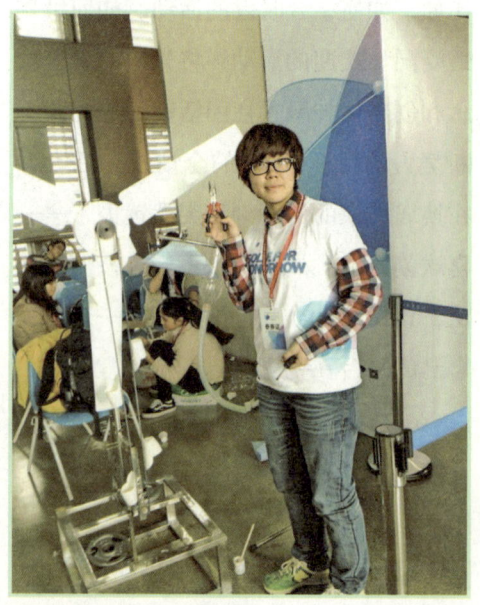

参加2013年全国青年科普创新实验大赛时留影

参加"挑战杯"全国大学生课外学术科技作品大赛

基础知识,主动承担教研室的多项科研任务。自此,那个曾经活跃在各种活动现场、站在人群中央的我,越来越多地出现在图书馆、教研室、实验室。这样的转变让很多身边熟悉的同学和老师都惊讶不已,也怀疑过我能否持之以恒。

黄沙百战穿金甲,不破楼兰终不还
——坚持中收获竞赛

经过一段时间的蛰伏努力,挑战杯科技竞赛校内赛的通知贴在公告栏处,我驻足于公告前,感想颇多。是挑战杯打开了我参与科研竞赛的大门,让我和科技竞赛结缘,让我从活动之星转型为科研人才。思忖之后,我决定继续挑战之旅。经过对参赛项目的筛选,我选择了一个曾经失败过的作品。当我把团队成员召集到一起,将再次征战本次挑战杯的想法告诉大家的时候,没有得到积极的响应,大家士气低迷,都认为一个失败的作品很难再获肯定。我说出了自己的想法,"挑战杯"挑战的是优秀的作品,更是我们自己。上次的失败,不是我们的作品不够好,只是其中有缺陷

参加首届全国青少年科技创新营大会

和不足。我们正值青春年少,只有不努力,没有失败。与其在很多年后扼腕叹息自己曾经的轻言放弃,还不如不留遗憾地全力拼搏一次。在我的坚持和带动下,整个团队重整旗鼓,重燃斗志,我们一起分析了上次的失败原因。团队吸收了一名技术很强的研究生,请教了相关学术领域的专家,邀请了指导教师。闭关3个月进行技术完善和改进,最终在仪器稳定性和精密度方面有了很大的提高。就在这个时候,我们团队的一名核心技术人员因为个人原因,需要出国学习,无法继续参加以后的项目。我们又一次面临选择,放弃还是继续。这次参赛已经不再单纯是为了获奖,更多的是对自己的一次磨炼,是坚持梦想的自我验证。最终,我们团队形成了空前一致的观念,那就是勇往直前。不知度过了多少个不眠之夜,我们终于努力攻克了许多技术难题。

细节决定成败。为了能展示出参赛作品的实际水平和团队的默契配合,每个关乎比赛的细节我们都认真应对。书写文档资料,制作文稿演示,录制视频,印刷作品说明书。为此还专门邀请学校教授对我们的参赛作品进行模拟答

与中国科学院院士黄琳先生合影留念

辩环节,请参加过挑战杯的学长为我们提改进意见。我们认真听取每个人提出的意见,仔细记录每个问题,随后对问题进行梳理,对作品不断改进。省赛决赛的前一天,我们没有为竞赛的结果而紧张,每个人都松了一口气,因为我们都尽全力了,即使没有好的结果,也不会有遗憾。在第二天竞赛主委会宣布我们获得省赛特等奖的那一瞬间,我们没有欣喜若狂,只是庆幸在遭遇了那么多次失败和挫折的时候,我们没有选择放弃。我们收获的不仅仅是荣誉和肯定,更多的是自信和未来。

我的创新故事,是一个平凡学生的创新故事,创新之路并不是那么神秘,那么有距离。每个人都有过创新的理念,但很少有人能付诸实践。年轻,不留遗憾。创新不止,属于天才,更属于每个普通人——每个坚持不懈、勇往直前、热爱科学的普通人。思想不止、行者无疆,只有思行合一,才能铸就成功。

专家点评 ZHUANJIA DIANPING

杨洁同学,系我校控制理论与控制工程专业研究生。在读期间,该生思想积极向上,乐观开朗,积极帮助周围同学共同进步;学习踏实认真,发表论文多篇,多次组队参加各类竞赛,并担当团队负责人,能很好地协调团队,完成竞赛任务并取得优秀成果。在担任学生会干部期间,组织能力、沟通协调能力、大活动的策划能力和管理控制能力都非常突出,是我校培养的优秀学生代表。

西北工业大学博士生导师:王新民

博 士
夯实科学技术的基石，助力伟大的中国梦

博士组

第九届中国青少年科技创新"梦之队"成员精彩故事入选名单

建造自己的机器人梦——田耀斌
（北京交通大学机械与电子控制工程学院2009级博士生）

创新精神照亮你我前行的路——柯　全
（上海交通大学电子信息与电气工程学院2013级博士生）

从"知识改变命运"理念到科技进步"垫脚石"的笃行——刘石平
（华南理工大学生物科学与工程学院2012级博士生）

创新：从点滴做起——李怡招
（新疆大学化学化工学院2012级博士生）

科研带来力量和希望——唐　旻
（香港大学李嘉诚学院解剖系2010级博士生）

影之光——钟耀贤
（北京大学物理学院现代光学研究所2011级博士生）

择一专业创新，执一梦想追逐——袁志方
（海军工程大学电气工程学院2012级博士研究生）

建造自己的机器人梦

田耀斌
北京交通大学机械与电子控制工程学院
2009级博士生

天道酬勤，梦想需要靠不懈的努力与辛勤的汗水去追寻。

——题记

我叫田耀斌，就读于北京交通大学机电学院，目前攻读博士学位，研究方向为机构创新与机器人学。

在大学期间，我就热衷于参加各种科技比赛。最早参加的科技活动是在2006年加入机电学院的机器人小组。至今记得加入小组后的第一件事是对一大箱机械零部件进行分类整理，并用这些零件设计出一个活动的机械装置来。两周后，看到自己设计的机构启动那一刻，就深刻意识到原来我们是可以制造机器人的。之后便深深喜欢上这种设计与实践相结合的活动模式，并陆续参加了"机械创新设计大赛"和北京市"挑战杯"活动。当经历过那种制订方案时的激烈讨论，模型制作期间扑面而来的各种bug，赛前惊心动魄的备战以及答辩时的一路过关斩将后，才能体会到这些是人生的一种宝贵财富。

正是在这些科技活动影响下，我依

参加2009北京市创意文化博览会展示作品

稀萌生出了建造机器人的梦想。读研之后系统地学习了机器人方面的知识,我清楚地认识到机器人技术是一片浩大的海洋,要想建立自己的海域谈何容易。我有幸遇到了自己的恩师姚燕安教授,姚教授独特的机器人设计理念,不断启迪着我对机器人领域的探索。在姚教授的精心指导下,在2009年的"北京市挑战杯"活动中,我们共同提出了"几何精灵"概念,其本质是具有变形和移动能力的特殊机器人,并最终取得北京市一等奖。"挑战杯"可以说是我成功迈向机器人梦想的首航。

"几何精灵"只有6个简单模型,而且在比赛中受到一些实用性方面的质疑。因此从2009年至今,姚教授带领我们实验室团队进一步完善和极大发展了这一概念,建立起目前的"几何机器人"理论体系。"几何机器人"其形态特征是具有多边形、多面体等几何形状,将设计几何中的点、线、面设计为对应的机械单元,然后将这些单元通过运动结构有效连接而成。通过研究其变形特征,结合物理运动可以控制其实现

参加2009挑战杯答辩现场留影

滚动、步行、爬行等多种移动模式。每一种几何形状可能对应多种不同的机械模型，每种模型都需要严格的设计、仿真和实验去验证（如四边形就对应6种不同的设计）。因此这一体系是一个庞大的系统工程。2009年至今，我们依然不断提出改进现有机器人模型和探索新的模型，在此期间，完成论文13篇，成功授权发明专利10项，同时还有10余项发明专利在审，机器人模型由原来的6个发展到现在的40余种。2013年，姚教授申报的"几何机器人的研究与应用"获得北京市科学技术奖三等奖。

此外"几何机器人"的应用方向也取得了一定突破。因其具有典型的几何拓扑结构，丰富的形状变化以及趣味多样的移动方式，融合了几何变形、物理运动，以及机械工程一体化的设计思想，可应用于娱乐机器人和教育机器人设计。目前机器人模型应用于中国人民大学附属中学、北京市西城区科技馆等21所中小学和校外教育机构，供开设几何机器人创新设计正规必修/选修课程，授课学生7000余人，连年参加全国科技周、科博会、科普进校园、科技馆日常展览、面向全国师资培训等普及活动，受众数十万人次，改变了孩子和大众头脑中有关机器人的传统认知，取得了良好的社会效益。

2014年3月21日，美国总统夫人米歇尔·奥巴马在彭丽媛的陪同下参观了北师大二附中的"几何机器人"课程，并亲自操作"坏男孩"机器人。正是"几何机器人"的这种结合数学、力学和艺术的创新设计，使其能够在课堂中同时培养学生的严谨思维、美学修养和动手能力。

这些成果如同温暖的洋流，极大鼓舞了我建造机器人之梦的追求。这一切都离不开恩师的悉心指导和实验室团队的共同努力。当然，这一路走来，并非一帆风顺，也经历过不少挫折与失败，如设计模型的验证失败、专利被驳回、论文被拒等。这些问题犹如海洋中的暴风与巨浪，唯有坚守心中梦想，坚持不懈地努力才能迎接风雨之后的彩虹。

梦想需要坚守，更需要辛勤的汗水去浇灌，我相信今后人生的航程将更稳健地朝向我心中的梦想前进。

专家点评 ZHUANJIA DIANPING

田耀斌同学出于发自内心的浓厚科研兴趣，探索设计各类未知的新概念机器人，并为之欣喜与陶醉。在学习与研究工作中，表现出极大的工作热情，每每废寝忘食、多日通宵达旦。在研究方法上，重视理论研究、实验研究以及应用实践相结合，多篇论文发表在本领域著名期刊上，设计和制作了十数台机器人样机，进行了大量的实验研究；同时参加了多项科技竞赛活动，并参与研制开发出多款机器人用于教学实践，在取得丰硕科研成果的同时，形成了扎实的理论功底、掌握了丰富的实验技术、积累了一定的实践经验。正是这种强烈的兴趣和踏实钻研的精神使得他能够获得优异的成果。机器人领域是一个庞大而复杂的系统，将来的研究之路任重道远，希望田耀斌能够继续怀着一个强大的心灵去为自己的机器人之梦而奋斗。

北京交通大学机械与电子控制工程学院博士生导师：姚燕安

创新精神照亮你我前行的路

柯 全
上海交通大学
电子信息与电气工程学院
2013级博士生

科研之路常常会有迷茫之时，不知创新方向在何处。此时，厚积之知识如日出之阳，观察之习惯如日中之光，勤奋之精神如烛烛之明，照亮前方。

——题记

古语有云："蜀道难，难于上青天。"创新之路亦是如此，荆棘丛生，坎坷遍地。我们常常囿于原地，止步不前，迷茫、怀疑、困惑如同陡峭的山石，阻碍着我们前进的道路。努力着，却不知道今日的付出能否转化为日后的成功；拼搏着，却不知道前途漫漫到底何处才是终点。但是，我始终坚信，只要将对学术科研的热爱转化为前进的动力，一步步脚踏实地，在追求真知的路上凭借自己的努力跨过每一道坎，必能于创新上有所斩获。

雄关漫道真如铁，而今迈步从头越

本科，我就读于长春大学测控与仪器专业。2011年考上上海交通大学科学技术与仪器专业研究生，师从颜正国教授。犹记得初到交大时，我意识到自己在专业和综合能力方面与他人之间存在较大差距，但我深知"勤能补拙，笨鸟先飞"，在学业与生活中充分利用交大这一良好的平台，不停努力，以求全面提升自己。

我高度重视研究生课程的学习，而这种重视，来源于我对它浓厚的兴趣。在学业上，我总是合理地分配时间来完成任务，遇事从不拖沓，以此养成良好的学习习惯，提高学习效率，并且能够将课程和研究方向紧密结合，使二者相辅相成，形成完善的知识体系。虽然在本科期间已通过大学英语六级考试，但我深刻意识到学习英语的重要性。在这个科技日新月异的时代，良好的英语能力关系到能否及时了解到国际先进技术，能否最大限度地获取前沿信息，所以我从未忽视对良好外语能力的培养，在生活中有意识地锻炼口语听说和书面表达能力。

除此之外，平时我还注重涉猎各个方面的知识，培养广泛的兴趣。在保

参加第13届"挑战杯"大赛时留影

证学业不受影响的情况下参加各种学生活动和社团活动。这些经历使我受益匪浅,让我在专业基础知识、科研综合素质、社会工作能力方面都取得长足的进步,为后续研究的开展奠定良好的基础。

导师是我科研和生活中的明灯,教会我做人要虚心、踏实、勤奋。在两年多的研究生学习生活中,每当我遇到科研上的难题,导师的指点如拨云见日般总能使我豁然开朗;在针对某一问题,与导师的交锋讨论中,我们的思想总能迸溅出创新的火花。短短两年内,在与导师一次次的交流中,我收获良多。

问渠哪得清如许,为有源头活水来

我的主要研究方向是微型机器人,由于我自身的消化系统就不是很好,用于胃肠道诊断的机器人便激起了我极大的兴趣。于是,我把这种兴趣转化为在微型机器人领域创新的动力,并将自己所学的知识与生活中的观察实践相结合,努力开拓自己的创新之路。

研一期间,通过大量阅读外文文献,我对主动式胃肠道微型机器人的发展情况有了全面认识。主动式胃肠道微型机器人需满足直径在Φ15mm以内,并能有效钳位,以及在无线能量供应情况下才能实现全胃肠道的有效诊查。

胃肠道微型机器人需采用微驱动方式来实现微型化,以提高空间利用率,使其适宜在肠道内运动。但是目前有效微驱动方式都存在一定的缺陷,并不能满足胃肠道机器人微型化的要求。为了

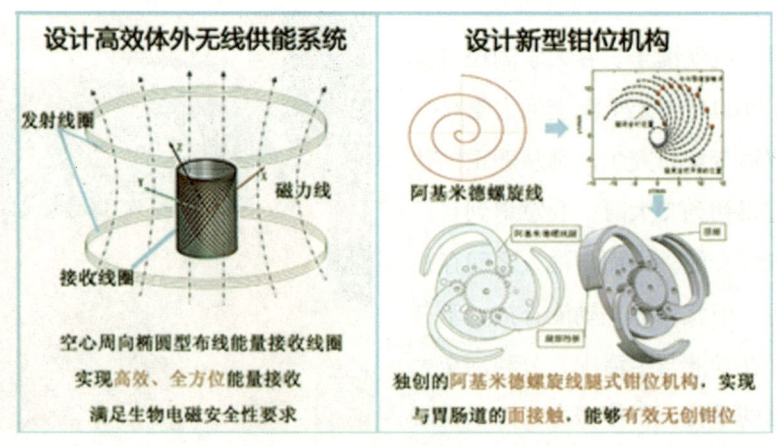

三维无线供能线圈、新型钳位机构

解决这一难题，我对微型电机进行了改进，分别设计了用于胃肠道机器人疾病诊查系统的微型偏心电磁驱动器、微型电磁驱动器。针对这两种驱动方式，我和同伴设计了特殊的钳位机构，这两种微驱动方式有效地实现了胃肠道微型机器人的微型化目标。

另一方面，为了使胃肠道微型机器人能够实现全胃肠道的有效检查，必须采用无线供能。但是，由于传统的实心立方体结构的三维接收线圈是安装在微型机器人的两端的，无线能量接收效率较低，并不能有效地实现无线功能。这个问题一直使我很困惑，一次偶然的机会，我看到了电机绕组。通过仔细观察电机绕组的结构，我深受启发。我考虑，若能将三维接收线圈绕成筒状，安置在胃肠道微型机器人外侧，或许能够一举两得，即在提高空间利用率的同时满足胃肠道微型机器人能量的需求。通过一次又一次的计算仿真，我与同伴设计了空心周向椭圆型布线能量接收线圈。这种线圈能够使无线能量传输效率为10%左右，为国际同类装置传输效率的两倍，同时可以很好地满足整个系统的能量需求，这正是我们梦寐以求的效果。

山重水复疑无路，柳暗花明又一村

当所有的问题都基本上解决后，还有一个非常重要的问题困扰着我：胃肠道微型机器人在实现微型化的同时，需能在肠道内有效钳位。为了保证手术时的安全性，机器人必须有效钳位，不能

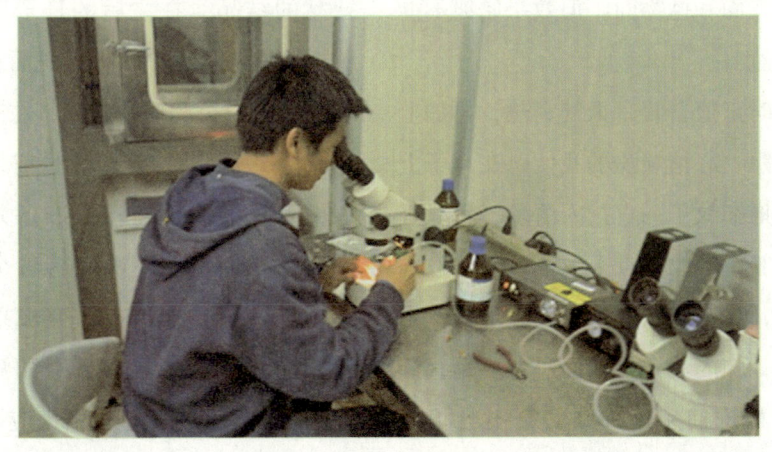

本人参加科研时的场景图

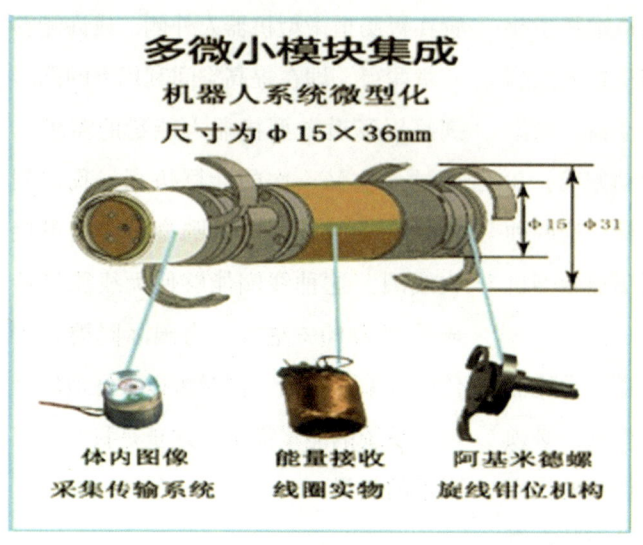

胃肠道机器人样机示意图

划伤肠道。在与同伴以及导师展开讨论后，我们一致认为，把传统的钳位机构与肠道的点接触或线接触改为面接触或许能很好地改进这一问题。得出这个结论后，我接连尝试了多种曲面，比如圆弧面和抛物面，但效果始终不能令人满意。

此时正值暑假，天气炎热，再加上课题遇阻，心情烦躁的我便趴在桌子上休息。谁知蚊子一直扰人清梦，我只好拿起实验室的蚊香点上。扯开两片蚊香的时候，我突然发现蚊香弹性很好，不容易断，脑内灵光一闪而过：要是我们的钳位机构使用这种曲线会不会很好呢？烦闷一扫而光，我开始尝试类似

于蚊香的这种特殊曲线（阿基米德螺线）。经过仿真和实际运用，我发现这种钳位机构具有一定弹性，应力分布均匀，不会划伤肠道。正是这无意间的发现，解决了困扰我们很长时间的难题。多次试验后，我们得到了空间利用率较高的、能有效钳位的、满足生物组织安全性的阿基米德螺线腿式钳位机构。

在这之后，我对设计的胃肠道微型机器人进行了各个系统模块集成，最终完成胃肠道机器人制作。这一机器人包含了我们小组同伴们的心血，是我们智慧的结晶。在之后的日子里，我们欣喜地见证了这一机器人先后在浦东医院完成了11头次动物实验，在东方医院完成了6头次动物实验。目前，该胃肠道微型机器人正在积极准备人体临床试验，我们也在不断完善各个系统模块，争取早日把这一研究成果推向市场，造福广大受疾病折磨的病人。基于主动式胃肠道微型机器人应用前景及其在胃肠道疾病诊查手段和方法上的

突破性创新，德国最大的医疗器械公司贝朗医疗有意向对这一机器人的后续研究提供大力支持，这是对我们努力的极大肯定。

2013年11月，我与同伴携设计的胃肠道微型机器人参加第13届全国挑战杯比赛。在挑战杯上，我结识了很多和我一样热爱科学、喜欢创新的朋友，也让更多的人了解了我的科研成果。功夫不负有心人，最终，我所设计的胃肠道微型机器人很荣幸地获得了大赛的特等奖。

科技创新之路虽布满荆棘，险象环生，但并非无迹可寻。将求学之路上汲取的知识锻造成攀登的阶梯，将善于观察、勤奋多思的习惯凝注成坚实的铠甲，将永不言弃的精神冶炼成锋利的宝剑，必能在创新之路上披荆斩棘，所向披靡。

专家点评 ZHUANJIA DIANPING

胃肠道重大疾病的发病率和死亡率逐年升高，已成为危害人们健康和生命的顽症。现有的检测方法和手段不能解决该类疾病早期和在体检测方面的问题，确诊时大多已是中晚期，患者将面临巨大的治疗痛苦和经济负担。因此，开展相关研究对于预防该类疾病发生、抑制其发展、降低死亡率具有十分重大的意义。柯全同学在该方面开展了卓有成效的探索研究，研制的阿基米德螺旋线腿式钳位机构，为实现肠道机器人内窥镜系统在肠道内的驻留、行走及生物组织安全性奠定了基础；设计的三维空心线圈，极大提高了无线能量传输效率，为系统的小型化提供了依据。以上成果充分说明该同学具有乐于探究、勇于探索、积极实践的科学素质及良好的组织和团队协作精神，展示出很强的从事科学研究工作的潜力。

上海交通大学电子信息与电气工程学院教授：颜国正

从"知识改变命运"理念到科技进步"垫脚石"的笃行

刘石平
华南理工大学
生物科学与工程学院
2012级博士生

"不能再这样下去！"，就是这样一句心中的呐喊，改变着我的人生状态和轨迹。我相信这不仅仅是一句对自己的抱怨和不满，更是从心底强烈地希望自己能够做出一些改变。不管最你是改变了自己，改变了他人，还是改变了世界，这本身就是一个勇敢的象征，是年轻人应该有的冲动，是科研工作者应有的胆量。

——题记

儿时的"梦想"

记得上初中二年级时,班主任要我们用一张纸条写下自己以后梦想成为什么样的人,可我却从未真正想过这个问题,所以完全不知道应该怎样写。或许是出于对科学家的向往,又或许是因为当时数学和物理成绩很突出,我在纸条上写下了"核物理学家"这个职业。在当时我的世界观里,核武器是全世界最厉害的武器,而成为一名核物理学家就能够为祖国的富强作出贡献。

对于成为一名科学家的冲动,其实也就在那一刻一闪而过,因为当时并未想过今后要上大学,更加不会想到自己竟然能够接触到世界前沿的科学研究。初中毕业,考入省重点中学隆回县第二中学后,心中的这句"不能再这样下去"仿佛在召唤着我,也在不断提醒鞭策着我,因此我下定决心,一定要考上重点大学,才能对得起这一学期几千元的学费,这笔钱对于我家来说是不小的数目。经过3年的努力,我最终以优异成绩考入华南理工大学。虽然在填志愿时又一次面临难题,不知如何填报专业,但或许是儿时记忆中那个潜意识里的想法,最终我选择了应用物理学。

大学:迷茫中的呐喊

大学生活刚刚开始,有许许多多的不适应。初到广州,才发现原来房子可以那么高,车子可以那么多,人流可以24小时不间断。主要心思也没有放在学习上,因为当时觉得不能再像高中一样只是一味地啃习题和做试卷。但也不知道应该如何安排学习和课余时间。虽然听师兄师姐们介绍了很多经验,但除了觉得他们很厉害,也就再没有更多的想法了。就这样,我在迷茫中度过了大一时光,所幸的是我的学习成绩仍然保持在班上的靠前水平。

升入大二,我心中那句最原始的呐喊——"不能再这样下去"开始不断浮现。于是我和同学一起搞起电路设计和电路板焊接,参加学院组织的一个电子科技竞赛。第一次小试牛刀就进入到复赛,虽然复赛只拿到了"安慰奖",但当时已经品尝到科技创造的乐趣——看到自己拼起来的电路板最后能够发出声音和红光,远比拿个奖要高兴得多、重要得多。

"半路出家"：从物理到生命科学

大三上学期期末考试刚结束，一大半同学都已经回家了，正当我也准备回家时，偶然听到舍友说有个搞生物DNA的华大基因正在招实习生，据说每个月还有500元的补助。我想反正课也上得差不多了，再这样下去也没有多少改变，还不如去其他地方见识一下也好。不管它是搞生物的也好，搞DNA的也好，如果他敢招我一个学物理的，我又有何不敢去的呢。于是第二天，我就跟团去深圳华大基因研究院参观了一天，吃到了当时觉得是高级餐厅才会有的午饭，了解到了原来学物理的人在那边也能一样非常牛气。当天参观结束，因为我要赶下午的火车回家，华大老师知道后还特意安排了一辆车送我去火车站。因此，大三下学期一开学，我就已经决定去华大感受不一样的环境，做出一点改变试试看，去接触世界顶级的研究机构和最前沿的科学研究。

大三暑假来到华大基因研究院，最初我也不知道要做什么。由于是从物理"半路出家"到生物这个方向，基本上所有的基本概念都不懂，只能靠自己上网查阅。根本无法看懂前沿一些的论文，于是就靠着自己找了一本英文的基础生物学方面的书开始从头啃。啃了一段时间，才知道DNA序列里面有些什么信息，它是怎样行使它们的功能的。后来学的东西慢慢多了，才知道进化论原来是可以用DNA去研究的；平时看到的花花草草，各种各样的动物，都可以从DNA水平去研究，并且如果从进化论的角度去考虑，可以解释非常多的问题。地球上所有的生命体都是起源于同一个东西，这倒是之前完全没有仔细去想过的，虽然高中也曾经学过。从那时候开始，生物学里面的一些东西开始在我的脑海中占据了原先物理学的位置，但与此同时，我还是会经常关注物理学的最新进展，会经常好奇是不是找到了外星生命的证据，还会因为看到证实探测到上帝粒子而高兴一整天。

刚刚踏入生命科学领域，我总是希望找到一个理由，可以让我坚定地在这条路上继续走下去。一次找资料时，我偶然看到了伟大的物理学家薛定谔写的《生命是什么》这本书，感觉十分亲切，顿悟到其实生命科学中的规律和物理学的规律应该也是相通的，只是目前还没有发展到那一步罢了。但是研究生

在工作岗位上留影

命可能更加复杂，别看一只小小的青蛙，远远小于当今科技含量相当高的国际空间站，甚至远远比一部智能手机还卖得便宜，可是一只青蛙的构造和它能够运行的所有机制远远比任何一个当今人造的机器要复杂和难懂得多。这也是生命科学最吸引我的地方，从事生命科学研究，就好像把我的记忆拉回了农村那快乐的童年生活。只是童年时从没有想过蜜蜂和蚂蚁之间会有什么联系，不知道它们在很久之前是同样一种生物，也根本不会想到我们人类和我们家喂的猪之间也会存在某种联系。

科研初体验：尝到甜头

随后有机会参加了两个大型国际合作项目——猪蛔虫和埃及血吸虫基因组研究，顿时感觉可以好好地大干一场，小试牛刀的机会来了。但是，中间遇到的问题是最初万万没有想到的。第一个就是项目管理的问题，一个国际合作项目，首先需要的就是沟通。而我的口语不好，用英文写邮件也总是感觉很费力。没有办法，必须首先提高英语写作能力。于是我将电脑操作系统换成全英文模式，浏览网页也只看英文版，平时看书也尽量多看英文原版图书，简直恨不得将自己完全切换成大洋彼岸的生活模式。这样经过一段时间，至少文字交流上的障碍基本没有了。但口语交流还是硬伤，和世界上顶级的科学家面对面讨论问题时，只能说得比较慢，但所幸

在大自然中展示自我风采

的是他们也很照顾我,会非常耐心地和我进行交流。由于我是刚入行的"科研菜鸟",很多想法比较肤浅,幸运的是我没有因为这个而不敢去想。并且华大很多牛人都是可以利用的资本,我经常向他们请教技术和科学问题,大家的思想都比较开放,谈这样那样的想法也很容易谈到一块。最终,这两个项目都取得了非常好的成果:猪蛔虫项目 Ascaris Suum Draft Genome 以并列第一作者身份发表在 Nature 上,这个研究的一大亮点是找到了一些猪蛔虫药物靶点,这对人蛔虫或者其他蛔虫的预防和治疗都有十分巨大的意义;而埃及血吸虫项目 Whole-genome Sequence of Schistosoma haematobium 发表在 Nature Genetics 上,完整解读了第三种血吸虫,为血吸虫的防治提供了数据和理论支持。

再战光明顶:
北极熊极地气候适应性研究

参加北极熊项目是从2011年开始,在此之前华大已经进行了很多相关研究工作。北极熊是一个适应了北极寒冷环境的非常成功的物种,并且它还是被世界普遍作为气候变化的一个风向标,因为它的栖息地——北极浮冰很容易受到环境气候的影响,进而影响到北极熊的生存。所以,回答好北极熊为什么能够适应北极环境这个问题无疑是具有非常重要的科学价值，并且也注定会在进化史上留下一个厚实的脚印。

一年多以前，我们的研究已经取得了突破性进展，得到了一些前人都没有回答好的科学结论，很兴奋地准备着进行最后的结尾工作。但是，一篇 *Science* 的关于北极熊的文章刚好在当时发表，结论和我们的结论之一几乎一样。虽然这也进一步间接证明我们结论的可靠性，但是做科研有时候更像是竞争，别人已经做出来的东西再发表，如果自己没有更好、更新的结论，就已经失去了时效性。在当时这对于我们来说是一个巨大而沉重的打击，说不定进行了几年的研究就要付诸东流了。

这也让我懂得，科学研究绝不是请客吃饭那么其乐融融。但我们同时也相信科学研究也不是一条有终点的路。路肯定是存在的，只不过需要在别人走过的道路的基础上开辟出更远更新的路径来。所以，北极熊研究也是一样，即使一条路暂时被同行领先了，但是我们有机会在他人的基础上比他人走得更远，甚至寻找到更好的科学研究点，使自己跻身在这个领域的最前端。于是，我们做了更加细致的分析，并且还在其他方面——对极地气候适应这一块进行

重点研究。最终，除了比同行更好地回答了北极熊起源的问题，我们还回答了一些和北极熊环境适应相关的分子机制问题。其中，几个和脂肪代谢和胆固醇代谢相关的基因受到了强烈的环境正选择的进化，可以回答北极熊虽然肥胖却没有引起像人类肥胖而引发的心血管疾病的问题。并且我们要注意的是它完成这么大的变化，仅仅是在短短的几十万年之内。几十万年对于一个物种的适应性来说是显得非常短暂的。可见，是严寒的北极环境，加上适应能力超强的北极熊共同成就了这样一个神奇的生物体。我们的研究成果——*Population Genomics Reveal Recent Speciation and Rapid Evolutionary Adaptation in Polar Bears* 最后于2014年5月在 *Cell* 上以封面故事的形式公开发表，而我是这篇文章的第一作者。

文章发表之后，世界各大主要媒体都在第一时间广泛报道。在altmetric网站的统计上，这篇文章在海外为主的媒体评比中的报道力已经远远超出同期出版的其他文章。截止2014年6月9日，其在所有 *Cell* 上已经发表的文章中排在第6位。这足见这篇文章的重要性和全球的关注度之高（详见：http://www.

altmetric.com/details.php?citation_id=2336511）。

现在，我仍然在进行生命科学领域的研究，主要从事基因组学、群体遗传学和进化相关的研究。相信随着世界上可取得的DNA或者其他遗传学数据越来越多，有关物种形成和进化的机制即会被解释得越来越明朗；在生命科学领域，也慢慢地会得到更加接近真理的一些简单易懂的定律。通过我们的努力，人们会渐渐了解到更多自然界生命物质的运行规律，也会和自然界更加和谐地相处，生物的多样性必定会再次回到它的春天。

专家点评 ZHUANJIA DIANPING

刘石平同学自加入华大华工创新班以来，短短数年，已从一个青涩的大三学子，一跃成长为具有很强独立科研能力的研究人员，并带领着自己的科研团队，进行着多项科研攻关任务。是科研历练了他，让他成熟，伴他走向成功。当然，能够取得成功，是多方面因素作用的结果。基础教育所打下的坚实基础，科研探索中所培养出的创新性思维能力，以及华大华工创新班所给予的直接参与国际首沿科研的机会与平台，是挖掘其潜力，激起年轻人热情的最好注解。

在此项北极熊基因组学研究中，刘石平所带领的科研团队通过研究，发现了一系列与北极熊适应极地气候相关的关键基因，包括和人类心脑血管功能十分密切的脂肪和胆固醇代谢相关基因，对阐明适应性与进化机制，具有重大意义。不得不说，对生命科学的热爱，个人十分的付出，良好的科研环境和首沿的科学课题，造就了刘石平和他的团队，值得大家共同学习。

中国科学院北京基因组研究所所长：杨焕明

创新：从点滴做起

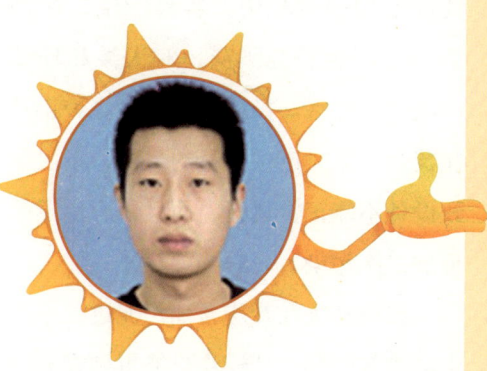

李怡招
新疆大学化学化工学院
2012级博士生

一项小的发明也可以解决比较大的问题。创新，就应该从点滴做起。

——题记

一个很偶然的机会,我和导师见到了从油田上赶来寻找"高人"的杨工程师一行人。当时的杨工看起来很焦急,原来有个问题一直困扰着他们——用于焚烧油泥的焚烧炉不能正常运转了,他们此次正是为了解决这个问题而来。在导师和我详细了解情况之后,导师答应杨工可以帮他们想办法解决一下。

接下来,通过大量的调查研究,我们了解到含油污泥是在油田的开发生产和石油化工行业的生产过程中产生的,其有毒有害物质含量高,是油田和石化企业所产生的主要污染物之一。目前国内外常用的含油污泥处理方法有溶剂萃取法、焚烧法、化学氧化法、生物法、固化填埋法等。其中焚烧法适用于各种性质不同的含油污泥,有利于油泥的大规模处理,并且在减量化和无害化方面具有明显的优势,有使油泥资源化的潜力,是非常有前景的含油污泥处理方法之一。

但是,在采用焚烧法对油泥进行焚烧处理的过程中,容易产生二次污染,会产生焚烧飞灰,对人类和环境造成严重危害。杨工他们的焚烧炉正是在焚烧油泥时产生大量的飞灰,不仅导致设备不能正常运行,而且还产生了严重的二次污染。

如何解决在焚烧含油污泥过程中产生的喷灰问题,使燃烧热能得到充分洁净地利用呢?我们又通过查阅文献资料发现,有研究报道了通过对焚烧炉

在大赛现场讲解科创成果　　　参加国际青年创新论坛

炉型的选择，来提高含油污泥的焚烧效率，而选择层燃螺旋排渣焚烧炉可使油泥在充分燃烧后的残渣经机械挤压、破碎后，由排渣系统排出炉外，降低了焚烧产生的二次污染，使焚烧技术更加安全、环保。其次，焚烧过程中二恶英的控制也成为焚烧处理技术成败的关键要素之一。围绕其进行的研究发现，采用层燃+热解气技术，不仅可以使烟气中的残碳能得到充分燃烧，而且可以破坏污染物的生成条件，针对二恶英的生成机理来有效控制其生成。此外，焚烧处理工艺的优化，对于降低二次污染的产生、充分利用燃烧热能和固体残渣是非常有帮助的。

鉴于此，我们在研究所取得的现有成果之上，充分考虑了含油污泥焚烧的实际情况，通过进行大量的实验研究，发明了针对抑制焚烧飞灰产生的固化剂配方及其使用方法，即通过按照一定的比例添加固化剂、助燃剂、水和炉渣，与油泥混合，再对油泥进行焚烧处理。固化剂起到固化结块的作用，助熔剂可以降低无机组分的熔点，水可以使所加助剂充分地分散在油泥中，而炉渣作为骨架材料可根据不同来源的油泥选择其加入与否。这样一来，在使用本发明配方对油泥进行处理后，可使其在充分燃烧后的产物以块状形态存在，从而限制

与团队成员在大赛现场

与团队成员参加科创大赛答辩

与团队成员一起合影留念

了有害物质的扩散和迁移，避免了在油泥焚烧处理中的超细粉尘所带来的二次污染问题，使燃烧所产生的热能可以得到充分洁净地利用。

我们将本发明申请了国家专利，并以专利许可方式在新疆油田得到应用，切实解决了困扰杨工他们已久的问题，每年对含油污泥的处理量达到3万吨，可以为企业带来直接经济效益400万元，间接经济效益在4000万元以上。

这一小小的发明，真正解决了困扰企业生产的大问题，实现了对含油污泥的无害化、资源化处理，有利于环境保护，具有良好的社会效益和经济效益。

通过这一发明作品，我们参加了第12届"挑战杯"大学生课外学术科技作品竞赛。

在参加全国决赛期间，我有幸参加了国际青年创新论坛，并担任分论坛《可持续发展：理念与实践的结合》的评委，切实感受到了创新、发明与实践相结合的重要性。

一路走来，我更加清楚地认识到，在我们的日常生活和科研实验中，应时刻保持创新理念，从点滴做起。任何有价值的小创新、小发明都有可能解决比较实际的问题，从而真正做到将理论研究与实践相结合，为创造更大的价值而不断努力。

专家点评 ZHUANJIA DIANPING

　　李怡招同学在校期间刻苦学习专业知识，努力掌握实验技能，积极参与科学研究。他不仅学习成绩优异，而且取得了较高学术水平和具有一定应用价值的科研成果。尤其在含油污泥焚烧处理固化剂技术方面，不仅解决了油泥和飞灰的环境污染问题，而且实现了废弃资源的合理再利用，具有显著的经济效益和良好的社会效益。在他身上表现出的勤于思考、勇于创新的精神，值得广大青少年朋友们学习。

新疆大学副校长、研究生院院长：贾殿赠

科研带来力量和希望

唐 旻（女）
香港大学李嘉诚学院
解剖系2010级博士生

癌症像前方浓雾，让人失去方向，让人恐惧伴随而来的痛苦和死亡；科研却像前路明灯，照耀四方，引领我们迈向光明和希望的路。

——题记

癌症像前方浓雾,让人失去方向,让人恐惧伴随而来的痛苦和死亡;科研却像前路明灯,照耀四方,引领我们迈向光明和希望的路。

高中的时候,我选修了生物、化学和物理科。当时我对生物科最感兴趣,印象最深刻的一课是关于细胞学和基因学。初次接触,知道人的身体是由千千万万的细胞组成,每一个微小的细胞内同时包含着数千上万的分子,每一个分子有其独特的功用和各自的岗位,同时互相协调,就像一个非常庞大、繁复的网络,让人惊讶。在一次偶然的机会下,我参与了由香港大学举办的科学活动,为中学生提供一个机会,去体会创新科技及技术研究。在其中一个环节,我第一次尝试利用凝胶电泳来分离核酸,在紫外线灯下看到一条条被分离的核酸,脑子一热,心灵不期然地感到一阵莫名的感动、亢奋。对于初次接触科研技术的我,对科学的兴趣日渐浓厚,所以选择了香港大学的生物科技系。

初上大学的我就像一只雏鸟跃跃欲飞,对学习抱有很大期望;可是,伴随着自信而来的却是残酷的现实。大学课程艰深,此时发现自己从中学学到的知识只是皮毛。大量新知识每天灌到脑子里,却未能消化,同时未能跟上课程进度,觉得很吃力。最终大一的成绩差强人意,开始对深奥的科学失去兴趣,对

参与2013年第四届亚太原发性肝癌专家会议,获得最佳口头报告奖和旅游奖学金

参与2013年第20届香港国际癌症会议，获得最佳海报奖

当时我对癌症医学研究和科研技术的认知只限于课本上的知识，从未真正实践，这真是一次难能可贵的机会！我从最基本的实验技术学起：分子技术，细菌应用，最后是小鼠实验。基本的实验技术我学得很快，可是小鼠实验确实把我给难倒了。单克隆抗体的制备过程需要利用小鼠做免疫注射，单单把老鼠平稳地抓在手上已经是一个大难题，况且还需要在它们皮下扎针。第一次抓鼠的时候，我的手一直在抖，小鼠一挣扎就从我的手里逃回笼子里。我非常害怕它们会咬我的手，也很害怕它们会被针头刺伤。经过几个月的练习，我终于开始熟悉抓鼠和扎针的技巧。

艰辛的学习失去信心。大二那年，我选修了《细胞生物及细胞技术》，重新深入学习细胞内的信息传递路径，同时首次认识到当下最新的细胞技术，大开眼界。回忆起当初选择生物科技系的初衷，我开始重拾对科学的兴趣，每天勤奋学习，阅读大量书籍和论文来丰富知识，成绩大跃进，并登上院长荣誉榜。这为我带来了一次接触癌症医学研究的机会，开始走上创新科研技术之路。

大二中期我被生物科学学院教授推荐到医学院某一肝癌研究实验室参与研发新的抗癌药——治疗性单克隆抗体。

当我还沉醉在科研的乐土中时，一个坏消息把我带回了残酷的现实。我最亲爱的外婆得了直肠癌。在治疗期间，外婆饱受疾病的煎熬，手术后身体非常虚弱，还得承受化疗的副作用。手术和化疗未必能根治癌症，复发率很高。研发创新的抗癌标靶药物正是我在实验室里的研究项目。经过半年的努力，可惜最终未能完成整个实验。虽然新抗癌药的研发未能取得成功，但是我把这一失败的教训当成一个学习过程和经验。我并没有减退对科研的热情，也没有放弃我的理想和目标——研发能根治癌症的治疗药物。

大学毕业后我进了医学院的研究所。在新的实验室继续我的研究生涯，重新出发，实

参与第18届香港大学李嘉诚医学院研究生讨论会，获得最佳口头报告奖第二名

参与2014年美国癌症研究协会年会

践我的理想和目标。我的导师当时给了我两个研究题目，第一个是食管癌抑癌基因的研究，另一个是肝癌肿瘤干细胞的研究。这两种癌症在中国香港、内地以及全球均十分普遍。食管癌抑癌基因的研究包括寻找新的分子标志物，为临床预测和药物设计提供新的研究方向及依据。由于一些基本的实验技术已经掌握，实验也来得顺利，半年后我参加了2011年美国癌症研究协会年会，并发表食管癌抑癌基因研究的成果。我用了一年半的时间完成实验，把文章发表到国

际著名学术期刊 Cancer Research 上。

完成了第一个研究项目后，第二个研究项目迅速展开。肿瘤干细胞学理论在近十年兴起，颠覆了传统肿瘤细胞理论。肿瘤干细胞的存在被认为是肿瘤发生、发展和治疗失败的根本原因。擒贼先擒王，要根治癌症，必须先发现和鉴定肿瘤干细胞，研发针对肿瘤干细胞的治疗手段，有望为肝癌的治疗带来新的曙光。我的导师首次发现CD133阳性肝肿瘤细胞具有自我更新、耐药及成瘤特性，确定CD133阳性肝肿瘤细胞为肝癌肿瘤干细胞。

我的研究方向是深入探讨肿瘤干细胞内基因变异对其自我更新、耐药及成瘤等特性的作用，揭示肿瘤分子机制，寻找新的分子标志物和靶点。通过高通量转录组测序技术检测和比较CD133阳性和CD133阴性细胞基因序列，我发现Annexin A3在CD133阳性细胞上的表达显著上升。其高表达对于肝癌干细胞的自我更新、耐药及成瘤特性发挥重要作用，可以作为新的分子标志物和靶点。同时，肝癌患者血清中Annexin A3的浓度也提高了，可作为肝癌诊断的新指标。

鉴于Annexin A3对肝癌干细胞的重要功能，我和我的导师决定开发针对Annexin A3的治疗性单克隆抗体药物，希望借此消除Annexin A3，促使肝癌干

参与2014年美国癌症研究协会年会时留影

细胞凋亡。我发现Annexin A3的单克隆抗体药物能有效地阻止肿瘤生长，削弱癌细胞自我更新的能力和耐药性，促使癌细胞凋亡。Annexin A3单克隆抗体药物重点针对肿瘤干细胞的治疗已经在小鼠中成功实验，未来可望在人体中做临床实验。

这两年间，我很幸运能够到不同国家交流。我参加多个国际癌症学术研究会议，包括2013年戈登学术会议、2013年第四届亚太原发性肝癌专家会议和2014年美国癌症研究协会年会，向全世界分享这项创新的研究成果，同时我也获得了多个会议杰出研究奖和会议旅行奖学金。

科研的魅力是无穷无尽的未知数、可能性和创新性。科研总能为我带来力量和希望，因为我深信科研成果最终能改善人们的生活，令世界变得更美好。

专家点评 ZHUANJIA DIANPING

随着知识的增长和技术进步，科学家发展了尖端和创新的科技，改善了我们的生活；与此同时，我们对于生活质素的要求也相对提高。在医疗方面，医学研究近年急速发展，我们对疾病的成因有了更深入的了解，希望能从多方面改善病患者的生活。研发有效的预防和控制疾病的方法是医学研究重要的一环。唐同学的创新研究成果可望为本港以至全球的癌症诊断、临床预测及研发新型抗肿瘤药物提出新依据，用突破性的方式提升了医疗效率，为病患者带来新曙光。

香港大学李嘉诚医学院解剖系助理教授：马桂宜

影之光

钟耀贤
北京大学物理学院现代光学研究所
2011级博士生

有暗必有光，黑暗会过去，而光明必随之在后。

——题记

光对于人类,就像空气之于人类一样密不可分。回想起小的时候,第一次看到色彩鲜艳的糖果,与色调简单的糖果,会毫不犹豫地选择色彩鲜艳漂亮的;还记得第一次看到彩虹时,那股心中的悸动,体会到大自然带来的礼物——"光"是多么的美好。在学习自然教育课程时,接触到爱迪生的故事,在如此艰难条件下不懈努力,极其努力地尝试1000多种材料,最后发明出灯泡,这是多么励志的故事,更让我在逐渐长大的过程中,毅然决然地决定,将来要往"光"相关的领域学习、发展。

随着科技的进步,每个人都有手机,对着屏幕的时间越来越长,屏幕的分辨率也越做越好,色彩也足以让人惊艳。懵懂无知的小时候不知道为什么每个大人喜欢频繁地更换手机,而长大后发现,原来这就是人类对"光"的渴望,这样的渴望来自于本性。诺基亚曾说:"科技始终来自于人性",为了让大家有更美好的生活,我们必然要创新!努力地创新,为人类能有更好的生活而努力。因此,我想感谢"青少年科技创新奖"的创办者——邓小平先生,感谢他的远见!这个奖项促使中国的发展往前迈进了一大步,有了这奠定基础的一步,让我们后来的每一步,都能走得更稳更远。

由于小时候被"光"所吸引,于是后来我投入研发有机电制发光的领域及光伏领域。有机电制发光器件的优点不在话下,基板的可挠性且具丰富的色彩饱和度,最重要的是它不对环境造成破坏。目前为止,绿光及红光都已经可达商品化程度,天蓝色磷光已经实现内量子达到100%的效能,但是深蓝色磷光依旧是个难以克服的问题,且制备不易,因此有必要对深蓝色荧光材料进行开发。国家色度委员会定义深蓝光的标准为:CIE坐标X小于0.15、Y小于0.15是目前广泛使用的标准;然而标准饱和深蓝光的定义为CIE坐标X小于0.15、Y小于0.10,因此如何制作饱和深蓝光的材料是眼下重要的研究方向。基于以上发展现况,本人正尝试开发一种热稳定性高且具有高效率的饱和深蓝光材料。在研究过程中,犹如爱迪生锲而不舍地尝试各种材料一样,本人也多次试验,试着将各种取代基引入稳定性高的基团中。结果发现某种基团本身的耐热性及稳定性都非常良好，于是以它为基础，再接上各种取代基团，终于能够成功地合成出具有高效率且耐热性良好，同时符合国家色度委员会所定义的饱和深蓝光标准（CIE坐标X=0.15、Y=0.08），是相当稳定的饱和深蓝光材料。利用成功合成出的饱和深蓝光材料，再通过挑选不同的空穴传输层和电子传输层，使其迁移率达到匹配，进而达成载流子平衡。只有在满足载流子平衡的条件下，才能使器件达到最优化的效率。现阶段此项目已准备投稿，虽然在制作材料到器件成形的过程中相当辛苦，但是当看到器件被成功点亮的那一刻，再多的辛苦都化成感动。

目前在大尺寸面板发展的领域中，国外已发展出较成熟的屏幕开发技术，而在我们的研究中，也发展出能将器件置于柔性基板上，使其可以弯曲的基板，这增加了使用方便性与缩小体积，更能保有鲜艳色彩。再加上与有源显示中心共同合作开发的TFT有源OLED显示屏，我们相信，必能做出超越国外技术的OLED显示屏，领先全球！

而在光伏领域中，我们的团队正努力提高有机太阳能电池的效率。在试验的过程中，几经挫折使我们顿失再次挑

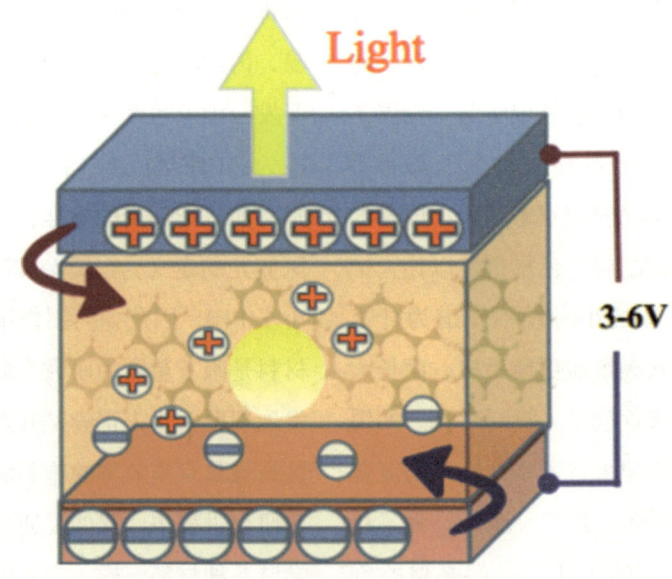

器件原理图：当在两电极加入偏压，空穴及电子即在发光层中复合，进而产生光源

战的动力,但在当下若是放弃的话,等于前功尽弃,之前所有的努力也将会付诸流水、令人惋惜。于是我们选择再次面对困难,从起点开始,重新核实理论基础、重新检视制作步骤,一步又一步地检查出可能出现问题的环节,最后,我们成功开发出效率达11.6%的太阳能电池,该项工作论文也正在被国际期刊审核中。我们希望未来还能开发出更高效率的光伏电池,并将其商业化,这不仅是在为太阳能电池领域的进步而努力,我们更希望这样的技术,能为中国的环境保护和能源永续发展尽一份心力。

在科研这条路上,我总结出三点心得:第一点是"谋策而后动",先想好自己该如何做之后再开始行动,而不是像个无头苍蝇一样四处乱飞。比方说我曾经为了缩短时间,匆忙地做了器件,但等到做完之后,却发现这器件的数据一点都用不上,这时候再后悔也来不及了。但也不能因为怕失败就停滞不前,只会纸上谈兵而不动手,这样也终会一无所获。因此,谨慎地计划、思考,之后再实施下一个步骤,将会节省大量时间及成本。第二点是"不能轻言放弃",没有亲自尝试过,永远都不会知道答案。记得小时候,我曾经动手做水火箭,水火箭顾名思义是利用水当做燃料,透过压力让水柱从小小的喷口中喷出,形成前进的动力,但当时在制作完成后,却发现我的水火箭怎么也飞不

器件点亮图:这是利用合成的深蓝光材料做成的

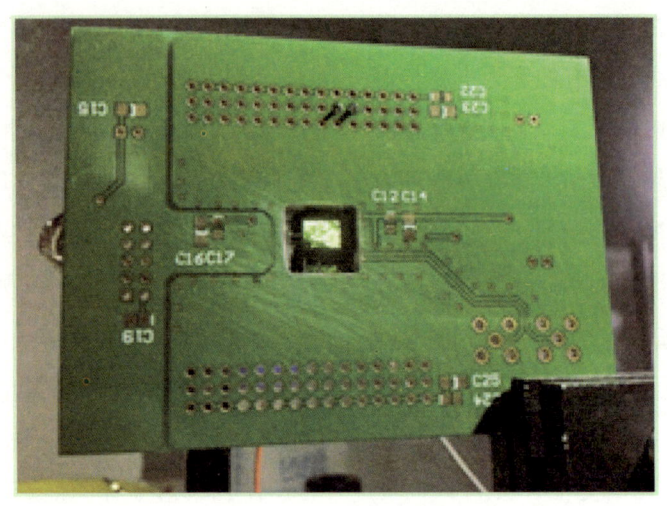
这是与有源显示合作的TFT项目成品图

远,而且也不往指定的方向前进。当时的我感到很沮丧,心里不断在想,为什么别人的可以,而自己的却达不到预期成果。幸好当时的授课老师不断鼓励我,让我不要放弃,带领着我重新思考问题发生的原因,最后引导我勇于再次挑战,不轻言放弃。在重新参考老师的制作样本后,我改善了水火箭射程的问题;至于水火箭不按照预计的航道飞行,则是由于四面的机翼大小不一致而产生了不平衡的问题。透过发现问题、解决问题,也让我在这次经验中学到了宝贵的一课。正视问题,面对挑战,不轻言放弃,让我的水火箭起死回生,再次飞翔,并让我在正式比赛中获得第二名的佳绩。经由这次事件,我认为千万

不能放弃,一旦选择了放弃这条路,就永远不会知道自己离成功的距离到底还有多远,说不定成功近在咫尺。第三是"善用合作关系",在初中的时候我曾经参加机器人大赛,在这个比赛中首先必须要找到合作伙伴,因为一个人是无法在限定时间内同时完成组装及书写代码的。于是我开始搜寻适合的人选,后来找到一个对写代码很有兴趣的同学一起合作,我们一起闯进复赛,但是很可惜在决赛时止步。但是通过这次比赛,我学习到若是能找到合作的伙伴则可使事情事半功倍。同理,在科研的路上亦是一样,一来可以互相学习,二来可以提供合作关系,节省时间成本。

在科研的路上,一开始只能调研大

这是有机薄膜太阳能电池的成品图

量的文献或许比较单调,但先了解前人走过的路,建立起自己的科学知识基础,而后就能创新地走出属于自己的路。即使科研初期,总会有一个作为他人的影子、跟着他人的步伐而移动的黑暗期。但是在过程中,我们会逐渐点亮属于自己的光,总有一天会让别人跟随我们的脚步而移动,这将会是绚丽夺目的,这会是希望之光,中国之光。

与大家共勉之。

专家点评 ZHUANJIA DIANPING

钟耀贤同学在校期间积极追求进步,致力于发展OLED有机电制发光及光伏领域,研发有机电制发光器件。此项目的发展,除了可提升我国显示技术的水平,更能减少对环境的污染,提高绿色效能。在我国迅速发展科技产业的现今,制备一个兼具高效能、高稳定、能源永续发展的器件,是十分重要的。耀贤同学在业务学习上刻苦努力,成绩优良,注重理论与实践结合,在材料的研发上经常会碰到瓶颈、挫折,但耀贤能坚守在实验过程中反复测试,最终获得良好的成果。科技的发展、国家的进步,便需要如此的毅力与耐力,以及越挫越勇的精神。通过此次"中国青少年科技创新奖"的肯定,期待耀贤在科研的路上持续努力,为社会与生活带来更实际的应用。

北京大学教授:肖立新

择一专业创新，执一梦想追逐

袁志方
海军工程大学电气工程学院
2012级博士研究生

生在了一个伟大的时代，选择了一个热爱的专业，遇到了一位鼓励创新、知人善任的导师，孕育了一个紧扣部队需求、触及时代脉搏的梦想，此刻正行走在追逐的征程上。这就是我的创新故事。

——题记

我很幸运，本科期间良好的通识教育为创新打下了坚实的基础。2005年进入中国海洋大学学习后，大批获"211工程"、"985工程"资助的高精尖试验器材成了理论学习之外最好的实践对象。兼容并包的学术氛围，也让我有幸可以与诸多国内外知名的专家学者进行交流请教。母校不仅给予了一个初出茅庐的年轻人所有它能给予的褒奖：国家奖学金、海军优秀国防生、山东省优秀毕业生等等，更重要的是，它教会了我如何更好地动手实践与团队协作。直到今天，"海纳百川，取则行远"的校风也一直鞭策我在创新的路上不断前行，不敢有些许懈怠。

我很幸运，生在了一个伟大的时代，撰写的论文获得了4项国家自然科学基金的资助，大量试验获得了军队级项目的资助，这些资助为创新提供了肥沃的土壤。5年来，我所在的电力系统保护新技术研究室每年都获得了国家自然科学基金项目、军内科研项目及海军武器装备重大科研项目的资助，大量的经费投入，有力地保障了理论研究的试验与实践。

我很幸运，作为一名军校博士研究生，研发出的产品能够紧扣部队的迫切需求，能够为新军事变革贡献绵薄之力，这是我的骄傲，也是创新的不竭动力。为解决制约我国舰艇直流电力系统

我在电弧现象的高速摄像试验现场

参加研究生创新学术论坛

的多项瓶颈难题,导师引领我进入了直流限流保护的研究领域,这是关系到海军武器装备的重大科研课题。舰艇电力系统中的短路电流上升速度极快,短路电流峰值极高,都给短路电流分断带来了极大的难度。为了攻克这些技术难点,我基本上翻阅了国内外所有的相关文献资料,走遍了全国所有直流限流保护装置的生产企业,采集了目标舰艇直流电力系统的所有电气参数。

功夫不负有心人,辛勤耕耘换来的是丰硕成果:研制成功的直流高速限流保护装置成功地解决了预期短路电流峰值过高后,传统断路器无法分断的难题;研制成功的混合型直流高速开断熔断器成功地解决了直流电力系统额定电流过大后,传统熔断器无法快速有效地予以保护的难题;研制成功的直流快速限流熔断器成功地解决了特定负载支路,国内无法自主设计熔断器的难题。这些产品均作为舰艇直流电力系统的核心装置完成定型、量产,已交付部队使用,满足了海军需求,得到了实战的充分检验,有效地促进了舰艇部队战斗力的生成。

我很幸运,围绕部队需求进行工程研究的同时,相关理论创新的成果也得到了业界的高度认可,这让创新有了更强的续航能力。围绕如何更快速地实现直流限流保护,我提出了一种电磁斥力

直流限流保护装置合成试验平台

高速开断的方法,并由此申请了两项发明专利,相关理论成果也在《中国电机工程学报》等国内最具影响力的杂志刊出。2011年至今,我以第一作者撰写了论文5篇(EI源4篇);合作撰写论文5篇(EI源5篇)。这些理论研究成果引起了多方的关注,Cooper(Bussmann)与Mersen(Ferraz)等国际电气巨头纷至沓来,寻求技术支持。在中国制造向中国创造转型的历史必然过程中,作为一个炎黄子孙,我也可以很自豪地说,自己尽到了微薄之力。基于良好的理论积淀,在最新一期的大学自然科学基金项目遴选中,我独立负责的"基于多场耦合的高速开断器介质恢复特性仿真及试验研究"获得了审批通过。目前,这些理论研究成果已经转化为硕士研究生课程《电接触与电弧》,走进了课堂,我担任主讲教师。

我很幸运,遇到了一位鼓励年轻人不断创新,敢于放手将年轻人推到一线担当重任的导师。在他的大力栽培下,我已突破学生的角色,成长为一名项目负责人,这是创新路上的升华。2009年进入研究室后,导师布置给我的第一项任务是研制合成试验系统,这是一项非常复杂且庞大的系统工程。在悉心指导之外,导师的投入力度也是不遗余力的:只要研究需要,要经费给经费,要设备买设备,要保障给保障。试验平台研制成功后,我第一次真切地感受到工程实现的快乐与价值:研究室再也不用为直流短路分断试验支付单次5万元的费用了;5年来,这套试验系统为产品研发节省的成本已达1000万元之多。

随着研究的深入,导师为我搭建了更大的平台:担任直流限流保护方向的项目负责人。新的角色迅速锻炼并提高了我三个方面的能力素质:自身业务能力、团队管理能力、外部协调联合研发能力。在我的带领下,直流限流保护项目组成功地突破了一个又一个技术瓶颈,完成了一个又一个重大工程。目前,导师又将我推向了指导学生的一线——协助指导5名2013级硕士研究生的论文研究。

民用直流限流保护装置的原理样机

我很幸运，发自内心喜欢的专业是可以触及时代脉搏的，这成为创新的重要灵感来源。我非常愿意自豪地分享自己所从事的专业研究大背景：110年前，爱迪生先生主推的直流电在竞争中输给了特斯拉先生主导的交流电，直到今天，交流电仍然牢牢把持着全球范围内80%的市场份额。但是在高压直流输电与新能源直流输电开始展现出交流电所无法比拟的优势后，直流电大有东山再起之势，以至于匹兹堡大学"电力与能源计划"负责人Greg Reed断言："在20年内，全球电力总负载的50%将使用直流电"。但是直流电的大面积普及并非易事，如何实现直流电网的短路限流保护是首当其冲的瓶颈难题。军工产品的技术指标相对于民用产品都会苛刻很多，在直流限流保护的相同机理下，现在开发出的系列军品经过参数调整，都可以快速转化为民品。事实上，在直流快速限流保护领域，我已经在进行民用直流电力系统的产品研发，并且已经完成了第一阶段的样机研制。在全国上下积极探索军民融合式发展的当下，直流限流保护系列产品在舰船综合电力系统、地铁轨道交通、风能及太阳能等新能源直流输配电电力系统中，均具有较好的工程推广前景，也将带来良好的社会经济效益。

人生的前27年，一路走来，我很幸运地得到了时代、国家给予的良好的成长环境，得到了军队、大学给予的良好的学习教育，得到了导师、前辈给予的良好的锻炼机会。从事的专业是自己发自内心喜欢的，孕育的梦想既可以紧扣部队需求，又能触及时代脉搏。

人生百年，转瞬即逝。自小爸爸妈妈就教育我要不断实现人生价值，要将宝贵的时间精力用在正道上；越长大，也就越发认同这条朴实无华的家训。展望未来，路漫漫其修远，无论是鲜花还是荆棘，我都将保持对生命的敬畏之心，对事业的进取之心，将一去不复返的时间精力用在创新的正道上。

专家点评 ZHUANJIA DIANPING

　　袁志方同学有两个较为突出的特点：一是善于学习，有敏锐的观察能力。在与人交流的过程中，他善于学习他人的优点，取长补短，以此提升自身的能力素质；在科学研究的过程中，他长于捕捉试验现象的细微之处，勤学乐思，攻克了多项前沿性的科学难题。二是善于沟通，有较强的执行力。在领衔多项课题研究的过程中，他能够较好地处理各企业、大学、研究所等合作单位的关系，确保了任务的高效高质完成。一个年纪轻轻的学生，能够做到这一点是尤为难能可贵的。

海军工程大学电气工程学院博士生导师：庄劲武

关于颁发第九届中国青少年科技创新奖的决定

今年是邓小平同志诞辰110周年,为深入开展"我的中国梦"主题教育实践活动,更好地引导广大青少年缅怀邓小平同志的丰功伟绩,激发青少年的创新精神,培养创新人才,经报全国评比达标表彰工作协调小组办公室批准,在中央文献研究室、中央党史研究室、中国科协、教育部、科技部、中国科学院、中国工程院等有关部门的大力支持和参与下,共青团中央、全国青联、全国学联、全国少工委联合开展了第九届中国青少年科技创新奖评选活动。

在各地区严格选拔、认真推荐的基础上,经过评审委员会的审核评定,并经中国青少年科技创新奖励基金管理委员会确认,决定向北京市第二实验小学姜飞宇、北京师范大学天津附属中学吕仲浩、清华大学吴佳俊等100名青少年学生颁发第九届中国青少年科技创新奖。这些获奖同学是广大青少年参与科技创新活动的优秀代表,他们的创新实践和所取得的成绩体现了当代青少年崇尚科学、积极探索、勇于创造的良好精神风貌。

中国青少年科技创新奖是按照邓小平同志遗愿,面向青少年设立的崇高荣誉。希望获奖同学珍惜荣誉,在攀登科学高峰的道路上不畏艰险、不懈奋斗,努力成长为推动国家科技进步的栋梁之才。希望广大青少年以获奖同学为榜样,增强科技创新意识,提高科技创新能力,积极投身建设创新型国家的伟大实践。各级共青团、青联、学联、少先队组织要以第九届中国青少年科技创新奖的颁发为契机，大力开展形式多样的科技创新活动，吸引更多的青少年投身科技创新实践，培育和践行社会主义核心价值观，为全面建成小康社会、加快推进社会主义现代化、实现中华民族伟大复兴的中国梦贡献青春、智慧和力量。

附件：第九届中国青少年科技创新奖获奖学生名单

共青团中央
全国青联
全国学联
全国少工委
2014年8月1日

附件：

第九届中国青少年科技创新奖
获奖学生名单
（共100名）

北京

姜飞宇　　北京市第二实验小学六年级学生

张及晨　　北京一零一中学初中二年级学生

傅　彤（女）　中国人民大学附属中学高中一年级学生

吴佳俊　　清华大学交叉信息研究院2010级本科生

黄毅超　　北京化工大学化学工程学院2010级本科生

田耀斌　　北京交通大学机械与电子控制工程学院2009级博士生

天津

王砚渤　　天津市河西区水晶小学六年级学生

吕仲浩　　北京师范大学天津附属中学高中三年级学生

武　涛　　天津大学理学院2011级硕士生

李　丽（女）　南开大学化学学院2011级博士生

河北

程思佳（女，满族）　河北省石家庄外国语学校高中一年级学生

刘晓楠（女）　河北大学物理科学与技术学院2011级本科生

山西

李璐琦　　山西省太原市第四十四中学初中一年级学生

程远喆　山西省太原市第二十七中学高中三年级学生
张建峰　太原理工大学数学学院2010级本科生
张哲滔　中北大学材料科学与工程学院2011级本科生
郭佩祥　山西大学中国社会史研究中心2013级硕士生

内蒙古

张　晨（女）　内蒙古呼和浩特市第二中学高中一年级学生
贾　佳（女，回族）　内蒙古科技大学文法学院2010级本科生
苏　洁（女）　内蒙古大学数学科学学院2011级硕士生

辽宁

杨　鹏（回族）　辽宁省本溪市第一中学高中二年级学生
王泽燊（女）　东北大学工商管理学院2011级本科生

吉林

陈　赫（满族）　吉林省东丰县第三中学高中二年级学生
于兴华　吉林大学动物科学学院2011级本科生

黑龙江

解欣艺（女）　黑龙江省哈尔滨市第六中学高中二年级学生
冷晓琨　哈尔滨工业大学计算机科学与技术学院2011级本科生
卢　芸（女）　东北林业大学材料科学与工程学院2009级博士生

上海

颜隽闻　上海市静安区教育学院附属学校六年级学生
王一飞　上海市梅陇中学初中三年级学生
张舒蕾（女）　上海市宜川中学高中二年级学生
解得官　上海机电学院机械学院2010级本科生
柯　全　上海交通大学电子信息与电气工程学院2013级博士生

江苏

秦欣然（女） 江苏省南京市江宁区铜山中心小学四年级学生
宗航晨　江苏省南通特殊教育中心盲部初中三年级学生
郭红军　中国矿业大学孙越崎学院2010级本科生
申来法　南京航空航天大学材料科学与技术学院2010级博士生
汪　超　苏州大学功能纳米与软物质研究院2012级博士生

浙江

卢思睿（女） 浙江省宁波市北仑区东海实验学校初中二年级学生
裴翔云　浙江育英职业技术学院2011级高职生
钟　麒　浙江工业大学机械工程学院2010级本科生

安徽

朱润箐（女） 安徽省合肥市第一中学高中一年级学生
黄　璞　中国科技大学微尺度物质科学国家实验室2011级博士生

福建

李哲舟　福建省福州市第三中学高中三年级学生
刘家昌　福建省泉州市第一中学高中三年级学生
丁陈禹（回族） 福建医科大学研究生院2012级硕士生
朱从青　厦门大学化学化工学院2010级博士生

江西

双超军　南昌工程学院机械与电气工程学院2011级本科生
彭巧巧（女） 江西师范大学财政金融学院2012级硕士生

山东

张涵瑞　山东省济南市经十一路小学四年级学生
刘小祎（女） 山东省泰安市第二中学高中一年级学生

郭亭亭　青岛农业大学机电工程学院2010级本科生
张　彦　济南大学化学化工学院2011级硕士生

河南

吴少哲　河南省平顶山市第一中学高中二年级学生
闫鹏飞　郑州大学水利与环境学院2010级本科生
高　源　河南工业大学经济贸易学院2010级本科生

湖北

张哲野　华中科技大学化学与化工学院2010级本科生
张一峰　武汉理工大学交通学院2010级本科生

湖南

周子惟　湖南省株洲市第二中学高中三年级学生
朱国姝（女）　湖南大学经济贸易学院2011级本科生
刘　路　中南大学数学与统计学院2012级博士生

广东

陈彦儒　华南师范大学附属中学高中二年级学生
邱燕璇（女）　广州大学化学化工学院2013级硕士生
刘石平　华南理工大学生物科学与工程学院2012级博士生
张丹伟　华南师范大学物理与电信工程学院2012级博士生

广西

林萱仪（女，瑶族）　广西梧州市第二实验小学六年级学生
青尚龙（壮族）　广西南宁市第三十一中学初中三年级学生
曾燕斌　广西大学机械工程学院2010级本科生

海南

赵龙辉　海南师范大学生命科学学院2010级本科生

重庆

蒋知函（女） 重庆市人和街小学六年级学生
谭清倩（女） 重庆市丰都县第三中学初中二年级学生
王　颖（女） 重庆大学城市建设与环境工程学院2011级本科生
陈增顺　 重庆交通大学土木建筑学院2011级硕士生

四川

王梦玲（女） 四川省峨眉山市峨山镇初级中学初中二年级学生
廖　钢　 四川大学锦江学院2010级本科生
周　帷（女） 四川农业大学资源学院2011级硕士生

贵州

王　蛟（女） 贵州大学理学院2010级本科生

云南

王佳冠　 云南大学生命科学学院2013级硕士生

陕西

孙玮泽　 陕西省西安高新第一中学高中一年级学生
杨　洁（女，回族） 西北工业大学自动化学院2012级硕士生
徐　雪（女） 西北农林科技大学生命学院2011级博士生

甘肃

杨晨曦（藏族） 甘肃省甘南州合作第一小学四年级学生

青海

常博浩　 青海省西宁市第五中学高中三年级学生
胡　媛（女） 青海大学计算机技术与应用系2010级本科生

宁夏

杨皓羽　 宁夏银川市西夏区回民小学五年级学生

张兴武　宁夏银川外国语实验学校初中三年级学生
谢海波　宁夏大学新华学院2011级本科生

新疆

马　强　新疆伊犁哈萨克自治州新源县别斯托别中学初中三年级学生
艾麦尔·麦米提力（维吾尔族）　新疆农业大学食品与药学学院中语学院
　　　　　汉语预科2013级本科生
李东泽　新疆医科大学临床医学院2008级硕士生
李怡招　新疆大学化学化工学院2012级博士生

新疆建设兵团

马海碧（女，回族）　新疆生产建设兵团第二中学高中一年级学生

解放军

王　野　第二军医大学学员旅临床医学专业2009级本科生
周继航　解放军电子工程学院一系十五队电子对抗指挥与工程专业2011级本科生
袁志方　海军工程大学电气工程学院电气工程系电气工程专业2012级博士生

香港特别行政区

缪　婧（女）　香港理工大学机械工程系2012级硕士生
唐　旻（女）　香港大学李嘉诚学院解剖系2010级博士生

澳门特别行政区

谭知微（女）　澳门培正中学高中三年级学生
王胜鹏　澳门大学中华医药研究所2012级博士生

台湾地区

魏欣如（女）　北京中医药大学台港澳中医学部中医学（台五）专业 2011级本科生
钟耀贤　北京大学物理学院现代光学研究所2011级博士生